THE
LAPINS CRETINS
LUMINYS
QUEST
Mr TAN
FEDERICA DI MEO

The Lapins Crétins
Luminys Quest

SOMMAIRE

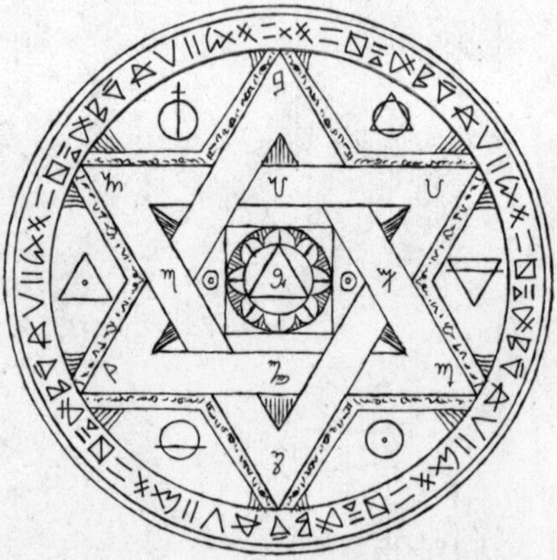

Chapitre 1
Les héros de la prophétie
Il existe un monde où la magie est partout.
Un monde guidé par la lumière de douze cristaux, si purs et si puissants que leur énergie est source des plus grands prodiges.

Bienvenue à Luminys.
Pour protéger les fondations d'un si grand pouvoir, douze mages aux capacités exceptionnelles furent désignés pour protéger les cristaux au cœur des Cités Lumières.

Mais un tel pouvoir peut faire vaciller bien des convictions et des certitudes...
et le cœur d'un mage ne fait pas exception...
Ni les autres mages, ni les créatures fantastiques qui peuplent ces contrées n'étaient préparés à ce que l'un d'entre eux trahisse son serment...
et la source du pouvoir...
Mais n'allez pas croire que le destin de Luminys est scellé pour autant.
Des âmes accomplissant leur destinée...
et dont les actes feront pencher l'équilibre d'un côté ou de l'autre...
Car là où la plus petite étincelle de magie existe, aucune fatalité n'est possible...
Seulement des choix.

Tous les habitants de ce monde ont entendu parler des héros de la prophétie des Cristaux.
Ces gardiens de légende, que Luminys appelle de toutes ses forces dans les instants de ténèbres...
Le mage, l'érudit, la force brute, le guérisseur et l'altruiste.
C'est écrit dans la pierre...
"Cinq gardiens aux qualités exemplaires se dresseront face aux adversaires de Luminys.
Venus d'un endroit qui ne porte pas de nom, ils se compléteront et ne feront qu'un."
De l'issue de leur quête dépendra l'avenir de ce monde tout entier...
et la survie de toute forme de magie.
Mais il est une information essentielle à leur sujet, que les fresques sacrées ne mentionnent pas. C'est que...
SHRAC
AH PARFAIT, EXACTEMENT CE QU'IL ME FALLAIT !

À QUEL NOM, L'AUTOGRAPHE ?
MAIS JE VEUX PAS UN AUTOGRAPHE, JE ME SUIS PERDU ET JE VEUX JUSTE QUE VOUS M'INDIQUIEZ LA ROUTE !
CHOMP
REGARDE-MOI CETTE ANDOUILLE...
BERK
TAP TAP
TOUT CE QUE CE VIEUX TARÉ VA RÉUSSIR À FAIRE AVEC SON RITUEL, C'EST ATTRAPER UN COUP DE SOLEIL...

OÙ EN ÉTAIS-JE ?
AH OUI !
BON, J'ATTENDS QU'IL SOIT OCCUPÉ, ET JE LUI PIQUE SON SCEPTRE...
J'DOIS POUVOIR EN TIRER UN SUPER PRIX !
OUSTE! OUSTE!
WRRRM
ENTENDEZ MA REQUÊTE, GARDIENS DE LA PROPHÉTIE !
J'EN APPELLE À VOTRE DESTINÉE !

LES GARDIENS DE LA PROPHÉTIE, RIEN QUE ÇA...
EH BAH, ILS NE DOUTENT DE RIEN, CES MAGES...
ALLEZ, À LA QUATRIÈME STROPHE, JE LUI PIQUE SON SCEPTRE !
CHOMP
QUE LA MAGIE DE...
LUMINYS EST EN DANGER...
FZZT
FZZZT
LES GARDIENS ONT ENTENDU MON APPEL !
HA HA HA HA HA
J'HALLUCINE ! CE BARGE A RÉUSSI !
LUMINYS EST SAUVÉE !

WHAAAA
MAIS... QU'EST-CE QUE C'EST ?
C'EST... C'EST...
?
FSSS SSS
KRAM
CRAC CLAC
TLONK
FWOP
KYAAAH !!
CLONG

WHIIIIO
PFIOU...
J'AI BIEN CRU QUE J'ALLAIS Y PASSER...
SPLAT
SBONK
BWAAAAH !
BABAWAAH !

EST-CE QU'IL EST...
MORT ?
FROSH
LES... LES... LES GARDIENS DE LA LÉGENDE...
ILS ONT ÉCRABOUILLÉ LE MAGE KLOAK !
KRR R
FWHUP
CIRP
CIRP
CIRP
HOP
BWAAH!
BWAAH!
WHUP
FLIP

JE VOOOLE !
JE VOLE ! JE VOLE ! JE SUIS UN PAPILLON !
FLAP
FLAP
STRAP
AH.
BWAAH!!!
STOMP
BWAAHH!
...
FIXE
WOW ! IL A PRIS UN SACRÉ COUP SUR LA TÊTE !
BOING
JE VOOOLE !
BOING BOING

TÉO, IL Y A À PEU PRÈS UN MILLION DE RAISONS DE NE PAS FAIRE CE QUE TU T'APPRÊTES À FAIRE...
TU DOIS AGIR COMME UN ADULTE RESPONSABLE, ET NE PAS...
KLOAK
CLIIIING
NE PAS...
ET NE PAS...
GLOUPS
HU HU HU HU HU
GROOO-OO!

KADAAAAM
PERMETTEZ-MOI DE ME PRÉSENTER, JE SUIS LE GRAND MAGE KLOAK !
BIENVENUE À VOUS, Ô GARDIENS DE LA LÉGENDE !
FROSH
SOAP
FLIP
FLIP
WUIIN
BWAAH !

AINSI, VOUS POURREZ PARTIR AFFRONTER LE SORCIER CARNAGE POUR NOUS EN DÉBARRASSER ET RETOURNER DANS... CE TRUC... DANS... LE CIEL...
JE VAIS VOUS ESCORTER AU HAUT CONSEIL AFIN DE PROFITER DE LA RÉCOMPENSE... ENFIN J'VEUX DIRE... DE LEUR RECONNAISSANCE... ENFIN DE... FAIRE CONNAISSANCE...
BWAH!
BWAAH!
CLING
EUH... HÉ HO, LES GARDIENS LÉGENDAIRES, VOUS M'ÉCOUTEZ ?
FLIP
CLIIING
BWAAAAH!
CLIING
CLIING

AH... C'EST BEAU, HEIN ?
KZAAA
CE SONT LES CRISTAUX LUMIÈRES, LA PRINCIPALE SOURCE D'ÉNERGIE MAGIQUE DE LUMINYS !
MAIS VOUS CONNAISSEZ SÛREMENT DÉJÀ TOUT ÇA, VOUS ÊTES LES GARDIENS DE LA PROPHÉTIE, APRÈS TOUT !

OH SUPER, VOUS AVEZ DÉJÀ PENSÉ À TOUT ! C'EST UNE ARME POUR DÉTRUIRE CARNAGE ?
AH, UN MOYEN DE TRANSPORT ! TRÈS BIEN !
ET DONC, JE VAIS VOUS EMMENER À LA CITÉ LUMIÈRE DU NORD ET...
NON MAIS, VOUS NE VOULEZ VRAIMENT PAS VOUS CONCENTRER DEUX SECONDES ET M'ÉCOUTER ?
TILT
BABWA BWAH!
BWAH
CRR
CRR
TA-DAAM
BWAAAH !
BABWAA-AAAH !
ET AVEC QUOI VOUS COMPTEZ FAIRE DÉCOLLER CE TRUC ?
DA
EUH NON, NON, NON... VOUS NE POUVEZ PAS DÉTRUIRE LES CRISTAUX POUR EN FAIRE UNE SOURCE D'ÉNERGIE ! VOUS ÊTES LÀ POUR LES PROTÉGER !
VOUS ÊTES LES GARDIENS !
AARG
AN
GARDIENS. ÇA VEUT DIRE QUE VOUS GARDEZ. VOUS Y FAITES ATTENTION.
PAT
PAT

UNE FOIS QUE VOUS AUREZ RENCONTRÉ LE HAUT CONSEIL, PROMIS, VOUS POURREZ PARTIR FAIRE VOS TRUCS DE GARDIENS...
ET MOI, JE SERAI RICHE !
ÉCOUTEZ, JE COMPRENDS... C'EST JOLI, ÇA BRILLE, C'EST MAGIQUE ! MAIS LÀ, IL FAUT VRAIMENT ME SUIVRE, ON N'A PAS DE TEMPS À PERDRE.
STOP !
ET J'IMAGINE QUE LÀ, JE VAIS ME RETOURNER ET QU'ILS NE SERONT DÉJÀ PLUS LÀ.
TAP
SAUVER LE MONDE ! EFFRAYER LES MÉCHANTS ! C'EST VOTRE TRUC, NON ?
TAP
DITES, VOUS AVEZ UNE BONNE MUTUELLE SANTÉ ? NON PARCE QUE CARNAGE, IL NE S'APPELLE PAS CHOUQUETTE, HEIN...
TAP
BWAA-AAAH !
TAP
IL FAUT QUE J'APPRENNE À BWABWATER COMME EUX...
TAP
BABA-BWAAAAH !

EUH...
ALORS... EUH...
ALORS, LAISSEZ-MOI DEVINER QUI EST QUI... "LE MAGE, L'ÉRUDIT, LA FORCE BRUTE, LE GUÉRISSEUR ET L'ALTRUISTE", SELON LA PROPHÉTIE...
BWA
BWA
CE SERAIT PLUS PRATIQUE SI VOUS AVIEZ DES SIGNES DISTINCTIFS. PERSONNE NE S'OCCUPE DE VOTRE COMMUNICATION ? UNE ATTACHÉE DE PRESSE, PEUT-ÊTRE ?
BWA AAH
WRUP
WRUP
SE POURRAIT-IL QUE QUELQU'UN AIT MAL TRADUIT LES FRESQUES ?
Attendez, vous remettez en cause la qualité de mes traductions ? Vous voulez qu'on parle de votre costume de pseudo mage Kloak ?
Hé, le génie, vous feriez mieux de surveiller votre sac, plutôt que de parler à une voix off qui n'existe pas...
HÉ !
HEIN ?
OH ÇA VA, LA VOIX OFF, HEIN, JE FAIS ÇA POUR RENDRE SERVICE, MOI...
GASP
VIUP

TADAAM
BWABABWAAAH !
WHUP WHUP
BWAH ?
CRACK
FRUSH

VIUP
VIUP
ATTENTION, VOUS ALLEZ LES ABÎMER !
BWA-AAH !
BWA-AAH !
HÉ, DITES DONC, VOUS ÊTES PEUT-ÊTRE LES GARDIENS, MAIS ÇA NE VOUS DONNE PAS TOUS LES DROITS, HEIN !
C'EST À MOI, ÇA !
GRAB
WHOOOOOO
CES ANDOUILLES DE MAGES N'ATTIRENT QUE DES PROBLÈMES !
MAUDIT KLOAK !
HA HA !
WHUP
WHUP
HA HA HA !
COMME S'ILS N'ÉTAIENT PAS ASSEZ CRÉTINS... J'AI DÉTRAQUÉ LES GARDIENS !
BWAAAH !
BWAA-AAH !
BWAAA-AAAH !
WHAM

BLAM
BADA ?
BADA-
BWAAAH !
WHUUJ

RENDS-LE-MOI, C'EST MON PRÉFÉRÉ ! TU VAS L'ABÎMER !
GRAB
DASH
MES COSTUMES !
BWAA-AAH !
QU'EST-CE QUE VOUS LEUR AVEZ FAIT ?!
CLIING
AAAAH ! MES YEUX !
CLIING
CLIIING
BADA BADA...
OÙ ÊTES-VOUS ? NE PARTEZ PAS ! VOUS ÊTES LÀ ?
SBAM
AARG
FLAP
FLAP
AÏE !

OK, J'AI COMPRIS... LA MAGIE DE LUMINYS A CHOISI SON CAMP, TRÈS BIEN !
WOOM
CRACK
PRRRR
PRRRRRRRR
DZOING DZOING
BWAH
MAINTENANT ÇA SUFFIT ! JE SUIS LE PUISSANT MAGE KLOAK !
ZHG
JE SUIS LA VOIX DE LA SAGESSE ET DE LA RAISON !
ET JE VEUX MES COSTUMES !
ILS SONT À MOI !
PRRR
PRR
HA HA !
BWAH HA HA HA !
JE VOUS DÉTESTE.
VIUP

HÉ TOI, PSSST....
VIENS VOIR !
TU AS L'AIR PLUS MALIN QUE LES AUTRES, TU DOIS ÊTRE L'ÉRUDIT...
TAP
TAP
TAP
TU DOIS M'AIDER À CONVAINCRE TES COMPAGNONS DE...
SBLORCH
ÇA SUFFIT !
JE VEUX DESCENDRE !
ARG
LE PLAN ÉTAIT POURTANT SIMPLE...
MOI, LES RICHESSES DE KLOAK, UNE VIE PAISIBLE JUSQU'À MA MORT...
BADA-BWAH...

SHPLAF
TSS...
POF POF
BADA BADA... BADA BWAH !
C'EST BON, VOUS ÊTES CALMÉS ?
MERCI BIEN !
ÉCOUTEZ, JE CROIS QU'ON A DÉMARRÉ DU MAUVAIS PIED.
REPRENONS, VOUS VOULEZ BIEN ?
CLANG
CLANG
CLANG

CE MONDE MERVEILLEUX QUE VOUS VOYEZ AUTOUR DE VOUS EST EN DANGER.
ET VOUS, LES GARDIENS DE LA PROPHÉTIE, VOUS AVEZ ÉTÉ APPELÉS DANS LE BUT DE NOUS SAUVER.
MÊME SI JE COMMENCE À EN DOUTER.
FHUP
FHUP
FLASH
VOUS SEULS POURREZ AFFRONTER LE SORCIER CARNAGE ET SON ARMÉE DE MONSTRES ...
ALORS GARDEZ LES COSTUMES, CE N'EST PAS TRÈS GRAVE.
BWA!
LA MAGIE DE LUMINYS LES A FAITS VÔTRES.
GRAB
MAIS S'IL VOUS PLAÎT, SUIVEZ-MOI JUSQU'À LA CITÉ DU NORD POUR RENCONTRER LE HAUT CONSEIL.
HEIN ? DITES, VOUS VOULEZ BIEN ?
SQUIZ

DASH
LÀ OÙ JE VOUS EMMÈNE, IL Y EN A UN ÉNORME ! VOUS ALLEZ ADORER !
BADA ?
BWAH !
OUI JE SAIS, VOUS VOULEZ CE CRISTAL...
MAIS IL APPARTIENT À LA FAMILLE ROYALE, ET IL EST À DES SEMAINES DE MARCHE !
VLIUP
ALLEZ... AVANCEZ VERS MOI... VENEZ... LAISSEZ-MOI VOUS GUIDER JUSQU'À LA CITÉ DU NORD...
TAP
MAGNIFIQUE ! VOUS VOYEZ, ON SE COMPREND ENFIN !
TAP
TAP

W-RAAR
DOOM
BWAAH!
VOILÀ. CETTE DIRECTION, LÀ... VOUS VOYEZ ? JUSTE AU BOUT DE MON DOIGT !
TAP
TOI DIRE À TES COPAINS ALLER PAR LÀ, PAR LÀ ! TOI COMPRENDRE ?
AH, TOI, TU AS L'AIR PLUS MOTIVÉ QUE LES AUTRES !
OK, VOUS NE VOULEZ EN FAIRE QU'À VOTRE TÊTE, TRÈS BIEN !
JE NE COMPTAIS PAS EN ARRIVER LÀ, MAIS VOUS NE ME LAISSEZ PAS LE CHOIX !
BWUHUHUH
AH NON, HEIN ! ÇA SUFFIT !
BWAAA

PERSONNE NE PEUT RÉSISTER À MA PERFORMANCE D'HYPNOTISEUR MOUSTACHU !!
JE VAIS COMPTER JUSQU'À TROIS, ET LÀ, VOUS M'OBÉIREZ !
WRAP
UN !
ROLL
BWAH !
DEUX !
ROLL
ROLL
TROIS !
ROLL
ROLL
BWAH BWAH BWAH...
BIEN, MAINTENANT VOUS ALLEZ ME SUIVRE SANS FAIRE D'HISTOIRES, VOUS FEREZ DES COURBETTES DEVANT LE HAUT CONSEIL, ET À MOI LA BELLE VIE !
TAP
TAP
TAP
TAP

BWA!
GRRR...
MA TECHNIQUE EST IMPARABLE POURTANT, ELLE MARCHERAIT MÊME SUR UN POIS CHICHE !!
MAIS C'EST PAS POSSIBLE !!
VIUUUW
VIUUUU
BWAH AH!
BWAH!
BWAAH!
STOP
UNE SECONDE...
VRUP
VOUS ALLEZ ME SUIVRE, VOUS AVEZ COMPRIS ?!
BWAAH!
BWAAAH!
REVENEZ, LES AMIS, JE NE VOULAIS PAS M'EMPORTER !
EXCUSEZ-MOI, C'EST CETTE FIN DU MONDE QUI ME STRESSE !
BWAAAH!
CALME-TOI, TÉO, RESPIRE...
TU AS BESOIN D'EUX... TU DOIS JUSTE LES RAMENER À LA CITÉ DU NORD, APRÈS ILS SE FERONT DÉMEMBRER PAR CARNAGE ET TU NE LES REVERRAS PLUS JAMAIS...
BWAAAH!

FRU
JE VOUS AI VUS, INUTILE DE VOUS CACHER...
À QUOI ÇA SERT D'AVOIR D'AUSSI GRANDES OREILLES SI VOUS N'ENTENDEZ RIEN ?
SSH
VOUS ÊTES LÀ ?
DOOM
CRACK
BADABWAH BWAH !
BWAH ?
CRISH
OK, LÀ IL VA ME FALLOIR UNE PLUS GROSSE MOUSTACHE ET UN PLUS GROS PENDULE...

Chapitre 2
Le réveil du cyclope

PSST PSST
REVENEZ ! VITE !
C'EST UN CYCLOPE !
BWAAAH !
PROUT
BWAH
BWAAAAH !
BWAHAHAH !
J'Y CROIS PAS, JE DOIS TROUVER UNE IDÉE AVANT QUE ÇA DÉGÉNÈRE...
BADA
POURQUOI ILS ONT ARRÊTÉ ?
D'AILLEURS...
SNIFF
ET... POURQUOI ÇA SENT LA VIANDE GRILLÉE ?!
AU MOINS, ILS ONT ARRÊTÉ DE CRIER...
BWAAH
JE DOIS BIEN AVOIR QUELQUE CHOSE LÀ-DEDANS QUI POURRAIT M'AIDER...
BWAAAAH

FRSH
BADAA...
WAAAA...
CRiiii
PRRR
NON ! ÇA NON PLUS !
ON NE PAILLETTE PAS UN MONSTRE QUI DORT !
CLIIING
NON, NON, NON ! ON NE FAIT PAS FLAMBER LE MONOSOURCIL DES INCONNUS !
ARRÊTEZ TOUT DE SUITE ! VOUS ALLEZ LE RÉVEILLER !
VIUP VIUUP
WAAAA BADABWAH !
BADA BADA BWAAAH !
BADA ! BADA ?
SBLOCH
SBLOCH

BADA ?
WAAAAAA !
BWAH !
FIII
FIULUUU
BLOP
BOING
BOING
BADA BADA BADA !

BOING
BOING
BLL BL
BLL
BWAH !
ZZZ ZZ
BLOB
BADA-WAAAA !
WAAAA !
BA...
BADA...
CLANG
CLANG
BADA-BWAAAAH !
CLANG
BWAHA-HAHAHAH !

VIUP
GRAT
BWAHAHAH AHAHAHAH !
JA RÊVAIS DE JOLIES LICORNES !!
SHAKA
SHAKA SHAKA
GROOOO
SDONG
JA SUIS PAS CONTENT DU TOUT !
WAAABADA-WAAAA...
WAAA-AAA...

MMH...
NON MAIS POURQUOI J'HÉSITE ? IL N'Y A PAS UNE SECONDE À PERDRE !
TCH !
SAUVER LES GARDIENS ET FAIRE UNE BONNE ACTION ...
LES LAISSER MOURIR ET CONTINUER MA ROUTE...
FRISH
ALLEZ, CIAO, LES BOULETS !
WAAAAH !
TAP
TAP TAP
SPLAT
VLLLUP
HÉ ! MOLLO ! JE VEUX PAS FINIR COMME KLOAK, MOI !

PFFF... D'AILLEURS, QUE FERAIT CE VIEUX FOU DE MAGE S'IL ÉTAIT LÀ ?
BWAH
TÉO, TU AS MON PUISSANT SCEPTRE MAGIQUE À PRÉSENT... UN GRAND POUVOIR IMPLIQUE DE GRANDES RESPONSABILITÉS, TU DOIS ÊTRE À LA HAUTEUR DE CE DESTIN...
PFFF... CE SERAIT TELLEMENT PLUS CRÉDIBLE SI JE NE L'AVAIS PAS VU COURIR EN SLIP DANS LA FORÊT...
LA RÉCOMPENSE !
MAIS C'EST VRAI... JE DOIS PENSER À CE QUI EST IMPORTANT ...
À CE QUI COMPTE VRAIMENT EN CE MONDE...
GRAB

ÇA SUFFIT !
SPAK
SPAK
BOIN
BLUB
JA VAIS T'ÉCRABOUILLER ! TA ES MINUSCULE !
PRR
PRR
PRR
SPLAF
QUI T'ES TOA ?
JE SUIS LE DÉTENTEUR DES FLAMMES DU NORD, CELUI QUI SOUFFLE SUR LES BRAISES DE TOUTE MAGIE AUX ALENTOURS ! JE SUIS LA LUMIÈRE DU FEU QUI S'ÉLÈVE PAR-DELÀ LES...
UN PEU DE RESPECT ! JE SUIS LE GRAND MAGE KLOAK !
AH ! OUH ! SCUSEZ-MOA !
HEU
TA COMPRENDS QUELQUE CHOSE, TOA ?
VOILÀ ! UN PEU DE RESPECT POUR UN MAGE, MONSTRE !
VIUP
MAIS OUI, MAIS OUI, MAIS OUI...

JA JAMAIS AIMÉ LES MAGES !
NON MAIS ATTENDS, MOI, JE...
MAIS NON.
HEIN ?
ET TA N'OUBLIES RIEN !
ET SI TA RETOURNAIS T'OCCUPER DE TA CITÉ ?
CLAP CLAP CLAP CLAP
BWA
FRUP FRUP
SBAM
BIEN, QU'EST-CE QUE JA DISAIS ?!
AH OUI, JA ALLAIS VOUS ÉCRABOUILLER !
ROLL ROLL ROLL

DASH
FUYEZ, PAUVRES FOUS...
TAP
BWAAH!
VIUP
VIUP
AH ! NON !
SPAK
SPAK
SPAK
BA ! BA ! BA !

BWAA AAAAH!!!
FLAP
FLAP
CRAA
FLAP
CRAA
FLAP

MMH ?
FSSS
KYAAAH !
GRAB
BADA !!
TOA PAS TUER MOA ?
SPLAAT
BADAAAAA !

SBAM
GRAT GRAT
ARG
DASH
TILING
BADA ?
TA ES UN JOLI RÊVE ? JA M'APPELLE LÉON !

EN COMPOTE, EN HACHIS, EN TOURTE...
TA ES UNE FÉE ! MOA, J'AIME LES FÉES !
WIIII
WIIII
BADA-BWAH !
JA AIME BEAUCOUP TOA.. ET TOA.. ET TOA.. ET TOA...
HOP
BWRAH !
DIS DONC, TU LUI FAIS DE L'EFFET...
BLOP
NON, EN FAIT JE CROIS QU'IL AVAIT DÉJÀ CETTE TÊTE LÀ AVANT...
STOP
REGARDE-LE...
ATTENDS, C'EST BON, IL A EU SON COMPTE...
MAIS PEU IMPORTE...
URGH

SHA
VOUS VOUS SOUVENEZ ? LA CITÉ DU NORD EST PAR LÀ !
ON DOIT Y ALLER, ON A PERDU ASSEZ DE TEMPS.
BADA BWAH !
TAP
BADAA-AAA !
FLAP FLAP
PARFAIT, JE VOUS SUIS, ALLEZ-Y...
FRUP
PAF
STOP !
QU'EST-CE QUE...
HÉ
CETTE FOIS, C'EST LA BONNE.
HÉ HÉ
JE NE FAIS PAS UN SI MAUVAIS MAGE KLOAK, FINALEMENT...

DOOM
JA VEUX VENIR AUSSI !
CRAC
ALLEZ SALUT ! À PLUS DANS LE BUS !
BANG
EUH... COMMENT TE DIRE... ÇA VA PAS ÊTRE POSSIBLE, TOI COMPRENDRE ?
DÉSOLÉ, MAIS LÀ, J'AI MON QUOTA DE RELOUS, Y A PLUS DE PLACE !
OUI, JE SAIS, ON N'A PAS DE BUS À LUMINYS ! BANG BANG !
BANG

PFIOUU... J'AI BIEN CRU QU'IL ALLAIT NOUS SUIVRE...
WHUP
WHUP
FIIIXE
JA VEUX VENIR. C'ÉTAIT PAS UNE QUESTION.
AH D'ACCOOORD.... BIEN SÛÛÛR...
ÉTRANGE, IL ME SEMBLE QUE D'HABITUDE, QUAND JE MARCHE, MES PIEDS TOUCHENT LE SOL...
STOP
AH!
SUIS-JE BÊTE, JE PENSAIS QUE J'AVAIS LE CHOIX...
PAF
BOM
BOM
SUPER, MANQUAIT PLUS QU'UN DÉBILE DE PLUS DANS L'ÉQUIPE...
BWAAAAH...

LES COPAINS, ON DOIT ALLER PAR LÀ-BAS, HEIN ! DANS CETTE DIRECTION !
TAP
TAP
MAIS OUI, POURQUOI M'ÉCOUTER ?
APRÈS TOUT, AUTANT ALLER OÙ BON NOUS SEMBLE PENDANT LES DIX PROCHAINS TOMES...
TAP
TAP
JE HAIS LES MONDES OUVERTS...
TAP
MANQUERAIT PLUS QU'UNE PRINCESSE À SAUVER, ET...
ET...
ET J'AI TOUT CE DONT J'AI BESOIN SOUS LA MAIN, EN PLUS !
HU
HU
HU
MAIS OUI, VOILÀ ! JE N'UTILISE PAS LA BONNE MÉTHODE DEPUIS LE DÉBUT !
JE DOIS FAIRE APPEL À LEUR HÉROÏSME !
BWAAAH
WOO
BWAH! BAWA!

BOBOM
BOBOM
WAAH
TAP
TAP
BADA !
YOUHOUUU ! IL Y A QUELQU'UN ? Y A-T-IL UN BEAU ET VALEUREUX HÉROS PAR ICI ?
BWAH ?
CHOMP
SNIFF
OH ! J'ENTENDS UNE DÉMARCHE HÉROÏQUE VENIR DANS MA DIRECTION...
PAR ICI ! JE SUIS LÀ !
TAP
TAP
TAP
FLAP

VLAM
QUELLE CHANCE ! VOUS M'AVEZ TROUVÉE !
HELP
PRINCESSE EN DÉTRESSE
J'AI ÉTÉ KIDNAPPÉE ALORS QUE JE RENTRAIS À LA CITÉ DU NORD, AURIEZ-VOUS LA GENTILLESSE DE ME DÉLIVRER ET DE ME RACCOMPAGNER ?
GENRE... MAINTENANT ?
BWAH ?
GRAT
FIX
SUPER, ON MANGE ET APRÈS VOUS ME RACCOMPAGNEZ !
CRAC
BADA ! BWAH !
JA METS TOUJOURS PLEIN D'ÉPICES, LES PRINCESSES ÇA MANQUE DE GOÛT !
QU'EST-CE QUE VOUS FAITES ?
LA PAUSE CASSE-CROÛTE ! JA SUIS BON CUISINIER !
POF

OK, PASSONS AU PLAN B...
CRAC
TADAM
C'EST L'HEURE DE LA CUISSON !
VIUP VIUP
BLOB BLOB
BADAAA.
BWAAAH !
FRUSH
FRUP
SHA
FRASH
BAAADAAAAAA !
BADA ?
BADA-BWAAAH !

ALLEZ, BADA BADA... PAR LÀ BADA... BADALLEZ !
BADA... BA... DA... BADA...
TA-—DAAN!
BWAAAAH !
PLOP
FIX
BAH QUOI... EUH, J'VEUX DIRE... A DA ?
BADA-BAWA...
OUPS... EUH... JE...
JE VAIS... JE...
JE...
BWAH !
DOM
BADABAWA... QUOI, J'AI PAS L'AIR ASSEZ CRÊTIN, C'EST ÇA ?

OK, J'AI COMPRIS ! JE NE RECOMMENCERAI PLUS !
ARRÊTEZ !
VIUSH
AAAAA-AAH !
TAP
VIUSH
TAP
TAP
TAP
NON ! LAISSEZ-MOI !
STOMP
BWAAAH
JA VOULAIS MANGER LA PRINCESSE, TA N'AS PAS PARTAGÉ !
HIII
NE ME FAITES PAS DE MAL !
HÉ MAIS ATTENDEZ...
JE VOULAIS JUSTE VOUS EMMENER À LA CITÉ DU NORD !

ON Y EST !

FZZOT

THE LAPINS CRÉTINS
LUMINYS QUEST

Chapitre 3
La Cité du Nord
ÇA EST UN BEL ENDROIT !
BWAA-AAH...
Vive memoi
TAP
TAP
TAP
TAP
MAIS QU'EST-CE QUE...
GRAB
TAP
BADA BADA... BADA-BWAH !
TILT
GLUSH
WII
WII
WII
WII
BADA-BWAH !
JA N'AI RIEN FAIT TOMBER !
PLUNF
HIIIIIII !
BAAA !
de cardignon
BADADA !
SCRIB
Menu
WII

DOM
TAP
TAP
TAP
TAP
TAP
TAP
TAP
WAAAAAAAH !!
STOP
FRUP
BADA ! BADA !
SPLAT

TADAAM
ÇA EST,
LE CRISTAL !
SA MAGIE EST
PARTOUT ICI !
WOOOOOM
BWAAAAH !

SHA
DÉCLINEZ VOTRE IDENTITÉ, INCONNUS !
TAP
QUI ÊTES-VOUS ? D'OÙ VENEZ-VOUS ?
ZHA
ZHA
TAP TAP
HÉ, LES AMIS, J'ESPÈRE QUE VOUS VOUS ÊTES ARRÊTÉS EN CHEMIN POUR GOÛTER CES...
OH LÀ LÀ, ON TROUVE CES MACHINS QU'ICI, C'EST UNE TUERIE !
TAP
TAP
OH !

VIUP
VUUP
FWOO
FWOO
WRAM
TAP TAP TAP
TLANG
STOP
BROM
SBAM
PAF
SURTOUT NE PAS SE FAIRE REMARQUER... SURTOUT NE PAS SE...
VIUP
C'EST LE MAGE KLOAK !
IL EST REVENU !!!
KYAAH!

MAGE KLOAK ?
GLOUPS
NON, NON, TAISEZ-VOUS !
ARGH...
Ô GRAND MAGE, CES INCONNUS SONT-ILS AVEC VOUS ?
OUI ENFIN... COMMENT DIRE... DISONS QUE...
SBLO
MAIS ON N'A RIEN FAIT, NOUS.
GH
BL D
ARRÊTEZ TOUT ! CES INDIVIDUS SONT SOUS LA PROTECTION DE NOTRE MAGE !
R GH
PWOP
TOUT DE SUITE !
CONDUISEZ LE MAGE KLOAK À SES APPARTEMENTS POUR QU'IL SE RAFRAÎCHISSE ! ET CONVOQUEZ LE HAUT CONSEIL !
CRR CRR
J'Y CROIS PAS, ÇA MARCHE... ÇA MARCHE !
PARDONNEZ-NOUS, NOUS SOMMES EN VIGILANCE MAXIMALE DEPUIS LES ATTAQUES QUI ONT EU LIEU DANS LES PLAINES CENTRALES...
C'EST PAS GRAVE ! ENFIN, J'VEUX DIRE...
HUM... CE N'EST PAS GRAVE, VOUS NE FAITES QUE VEILLER À NOTRE SÉCURITÉ À TOUS !
AHEM

ET POUR LES INVITÉS DU MAGE ?
BWAAH !
CLING
CLING
IL EST QUAND MÊME DRÔLEMENT EN FORME POUR UN MAGE DE 458 ANS, VOUS NE TROUVEZ PAS ?
ILS VIENNENT DE LOIN ! ILS N'ONT PAS L'HABITUDE DE LA FOULE !
LAISSEZ, JE M'EN OCCUPE !
GRAB
JA TE SURVEILLE.
PIWA
TU FERAIS MIEUX DE TE BROSSER LES DENTS !
OUAIS BAH, J'ME DEMANDE BIEN À QUOI TU SERS...
JA T'AIME PAS ! JA PENSE QUE TA PRÉPARES UN MAUVAIS COUP !
NON MAIS QUEL BAZAR ! ET TOI LÀ, TU NE POUVAIS PAS LES SURVEILLER ?
TAP
JA SUIS PAS LEUR NOUNOU !
TAP

CLING
BADA !
BADA ?
CLING
MAGE KLOAK, BIENVENUE CHEZ VOUS !
SBRAM
J'Y SUIS... J'AI RÉUSSI...
C'EST UN RÊVE...
SBRAM
ÇA TOMBE BIEN, T'ES PAS INVITÉ !
TA AURAIS PU PENSER À METTRE UNE PLUS GRANDE PORTE À TA MAISON !
JA PEUX MÊME PAS RENTRER !

BLINK
MAIS AVANT...
BADA-BWAH ?
BON, LES AMIS, FAUT QU'ON PARLE...
TCHA
TCHA
TCHA
TCHA

J'CROIS QUE JE VAIS M'HABITUER À CETTE VIE...
BADAAA...
BWAAAH...
PUOF
ON SE RACONTERA NOS VIES, TOUT ÇA TOUT ÇA...
SI VOUS NE VOUS FAITES PAS TOUS DÉMEMBRER, REVENEZ ME VOIR ! CE SERA SYMPA !
GRAB
BADA !
BON, C'EST PAS TOUT ÇA, MAIS VOUS DEVEZ ALLER COMBATTRE CARNAGE !
JE VAIS VOUS EMMENER AU HAUT CONSEIL SUR LE CHEMIN DU JACUZZI...
VIUP
?
QUOI ? VOUS AVEZ DÉJÀ OUBLIÉ VOTRE MISSION ?
VOUS ÊTES LES GARDIENS DE LA LÉGENDE ! C'EST VOTRE...
TOC
J'Y CROIS PAS, CETTE ANDOUILLE DE LÉON EST TOUJOURS LÀ ?
TOC TOC

TOC TOC TOC TOC
OUAIS, UNE MINUTE, J'ARRIVE !
CLACK
EUH... T'ES QUI, TOI ?
ET TOI ? QUE FAIS-TU DANS LES APPARTEMENTS DU MAGE ?
TAP TAP
MAIS... JE SUIS LE MAGE, NON MAIS HO !
ALORS ÇA, ÇA M'ÉTONNERAIT !
AH OUAIS, ET POURQUOI ?
DÉJÀ PARCE QUE NOTRE GRAND MAGE KLOAK N'A PAS UNE MOUSTACHE SUR LE FRONT.
AH... EUH !
VIUP
PAS LA PEINE DE TE FATIGUER, TU N'ES PAS LE PREMIER IMPOSTEUR QUI SE PRÉSENTE À LA CITÉ.

FWOOM
ÉCOUTE, NOUS N'AVONS PAS LE TEMPS POUR ÇA...
OÙ EST LE MAGE KLOAK ?
JE VAIS APPELER LES GARDES, JE TE PRÉVIENS !
DU CALME, DU CALME !
JE PEUX TOUT T'EXPLIQUER !
MAIS NON, PAS DU TOUT, JE VOULAIS JUSTE... EUH...
WHAM
SEUL LE MAGE KLOAK PEUT ENCORE NOUS SAUVER !
ALORS PARLE ! OÙ EST-IL ?!
CLING
ON PEUT FAIRE CONNAISSANCE, DISCUTER, LAISSER PARLER LE LANGAGE UNIVERSEL DE L'AMOUR.
LES MONSTRES DE CARNAGE SONT EN ROUTE VERS LA CITÉ DU NORD ET TOI, TU ESSAIES DE... ME DRAGUER ?

ENTENDU... IL EST PAR LÀ, SUIS-MOI...
MAIS QUE S'EST-IL PASSÉ ICI ?!
ESPÈCE D'IMPOSTEUR ! LAISSE-MOI SORTIR !
DAF
PUMF
BAM
MAIS ?!
JE NE TE LAISSERAI PAS TOUT GÂCHER !
NAN ! J'AI PAS FAIT TOUT ÇA POUR QU'UNE PIMBÊCHE DE PRÊTRESSE ME DÉNONCE !
BOM
BADA ?
SBAM
TU RESTERAS LÀ LE TEMPS QUE LE HAUT CONSEIL ME DONNE MA RÉCOMPENSE !
IDIOT ! SI CARNAGE ATTEINT LA CITÉ, LE HAUT CONSEIL DISPARAÎTRA ET ADIEU LA RÉCOMPENSE !
VOILÀ, IL EST AU FOND, EN TRAIN D'ESSAYER UNE NOUVELLE CAPE...
GRAND MAGE KLOAK ?

TU NOUS METS TOUS EN DANGER !
GNN
PLOPLOP
TU DRAMATISES ! CARNAGE N'EST QU'UN MAGE COMME LES AUTRES !
HOP, HOP, HOP ! PAR LÀ, LES AMIS !
TAP
TAP
TU TE TROMPES, IL...
ALLEZ, ON EN REPARLERA QUAND J'AURAI VU LE HAUT CONSEIL !
À TOUT À L'HEURE, GNAGNAGNA, JE NE T'ENTENDS PLUS.
WHUP
BWAH
GRRR... JE VAIS LE DÉMOLIR.
BON, C'EST QUOI, LE SORT OUVRE-BOITE, DÉJÀ ?

VOUS VOUS TENEZ BIEN, VOUS NE SAUTEZ SUR PERSONNE ET PAR PITIÉ, VOUS ÉVITEZ DE...
EN FAIT, ÉVITEZ D'ÊTRE VOUS !
TAP
TAP
TAP
Ô GRAND MAGE KLOAK, SOYEZ LE BIENVENU EN CES LIEUX.
FLIP
TOUT LE PLAISIR EST POUR MOI, VOTRE... SÉRÉNISSIME... CONSEILLISSIME... ALTESSE... DE...
MALHEUREUSEMENT, NOS ORACLES SONT FORMELS... LE SORCIER CARNAGE EST À NOS PORTES...
VOUS ÊTES LE SEUL À POUVOIR REPOUSSER SA CRÉATURE...
EUH...
SA CRÉATURE ?
LA MAGIE DE CARNAGE A TRANSFORMÉ NOTRE CHER LOUP FÉNON...
IL CONNAÎT LES FAIBLESSES DE LA CITÉ ET SA VOLONTÉ EST MAINTENANT DICTÉE PAR LA MAIN DU SORCIER...
VOUS ÊTRE NOTRE DERNIER ESPOIR, MAGE.

VIUP VIUP
HÊ HO, MINUTE... VOUS VOULEZ QUE MOI, J'AILLE...
ATTENDEZ, VOUS ÊTES SÉRIEUX, LÀ ?
BWAHA-HAHAH !
QUI SONT CES INDIVIDUS ?
BADA BA ! BADA BA !
CLAP CLAP
CLAP
VOUS ÊTES LE MAGE CHARGÉ DE VEILLER SUR CETTE CITÉ, COMMENT POURRAIT-IL EN ÊTRE AUTREMENT ?
UNE QUESTION, SI JE PEUX ME PERMETTRE...
MAIS JE...
GRAB
CE SONT LES GARDIENS !
LES GARDIENS DE LA PROPHÉTIE !
POK POK
CE SONT... CE...
AH, MAIS OUI !

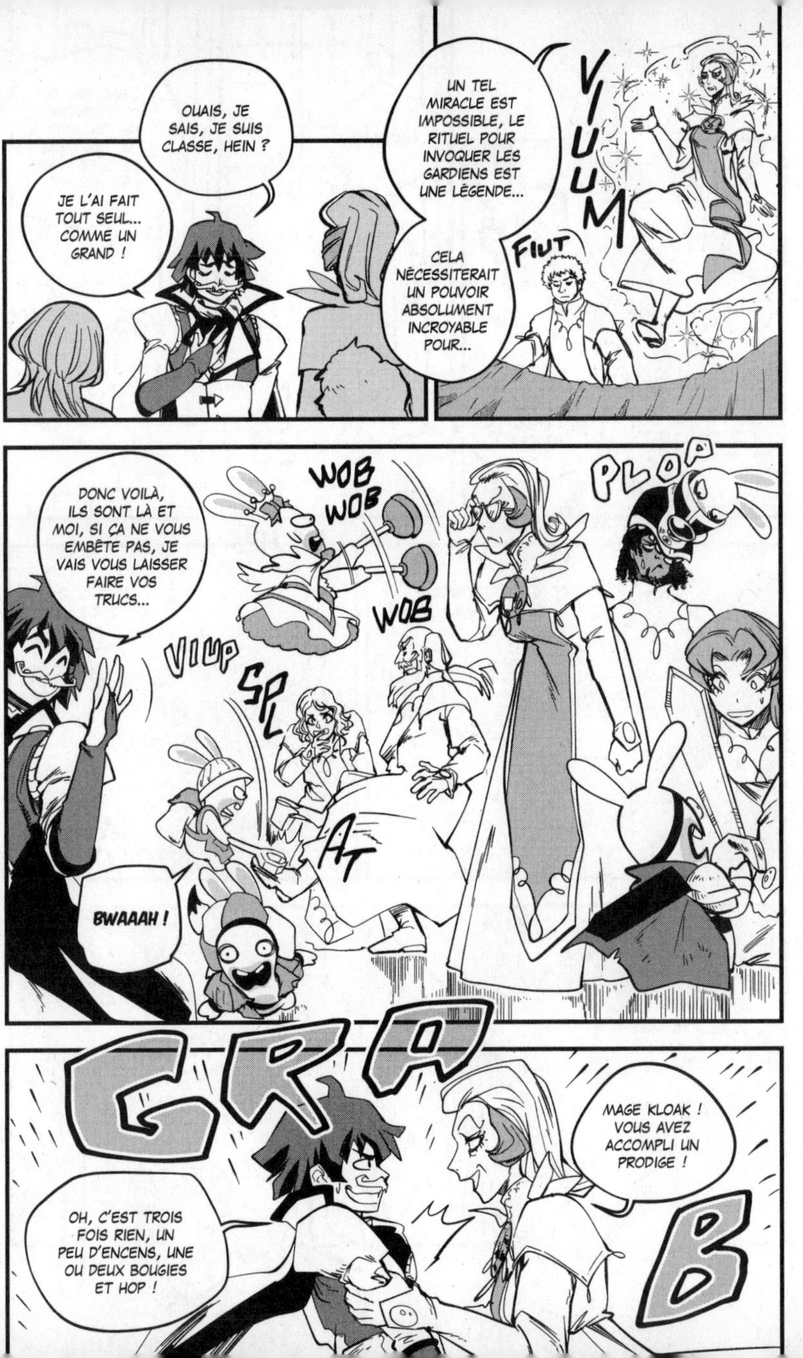
OUAIS, JE SAIS, JE SUIS CLASSE, HEIN ?
JE L'AI FAIT TOUT SEUL... COMME UN GRAND !
UN TEL MIRACLE EST IMPOSSIBLE, LE RITUEL POUR INVOQUER LES GARDIENS EST UNE LÉGENDE...
CELA NÉCESSITERAIT UN POUVOIR ABSOLUMENT INCROYABLE POUR...
VIUUM
FIUT
PLOP
WOB WOB
DONC VOILÀ, ILS SONT LÀ ET MOI, SI ÇA NE VOUS EMBÊTE PAS, JE VAIS VOUS LAISSER FAIRE VOS TRUCS...
WOB
VIUP
SPL
AT
BWAAAH !
GRAB
MAGE KLOAK ! VOUS AVEZ ACCOMPLI UN PRODIGE !
OH, C'EST TROIS FOIS RIEN, UN PEU D'ENCENS, UNE OU DEUX BOUGIES ET HOP !

FLIP
REGARDEZ ! NOUS ALLONS ÊTRE TÉMOINS D'UN NOUVEAU PRODIGE !
MAGNIFIQUE ! INCROYABLE !
Ô GARDIENS DE LA PROPHÉTIE, PROTECTEURS DES CRISTAUX, VOUS ÊTES VENUS NOUS SAUVER !
BWAH ?
AAAAAA-AAA...
BLOP
VIUP
BADAAA-AAA...
VIUP
VIUP
BWAAA-AAH !
FWOP
OH !
QUEL MIRACLE ! VOUS ÊTES CANON !
AH ?

MAIS JE DOIS RECONNAÎTRE QUE VOUS AVEZ UN CERTAIN TALENT.
VIUP
SEULS LES GARDIENS DE LA PROPHÉTIE PEUVENT RÉALISER UN TEL PRODIGE !
OUI BON, JE N'ÉTAIS PAS NON PLUS SI MOCHE QUE ÇA AVANT, HEIN...
BOF
ELLE PARTAIT QUAND MÊME DE LOIN...
FROSH
TAP
STOP !
VOILÀ, VOILÀ, JE VOUS LAISSE ALLER FAIRE UNE NOUVELLE COIFFURE AU LOUP FÉNON...
VLAM
MOI, JE VAIS AU SPA !
ARRÊTEZ TOUT !

JA SUIS D'ACCORD AVEC ELLE ! LA EST MÉCHANT EN PLUS !
CET INDIVIDU N'EST PAS LE MAGE KLOAK ! C'EST UN IMPOSTEUR !
VLAM
QUOI ? MAIS PAS DU TOUT !
CONSEIL DES GRANDS SAGES, IL VEUT VOUS BERNER. IL A SUBTILISÉ LES VÊTEMENTS DE NOTRE MAGE POUR VOUS LEURRER, IL TRAVAILLE SÛREMENT POUR CARNAGE !
TIC
AH... OUI... BIEN SÛR, MA MOUSTACHE... TOUT À FAIT...
FIUT
QUOI ?
BADA...
NON MAIS, COMMENT OSES-TU T'ADRESSER AINSI À TON MAGE ?
PAN PAN PAN PAN

JE DEMANDE AU HAUT CONSEIL LE DROIT D'UTILISER MA MAGIE POUR INTERROGER CE GARÇON...
INUTILE, IL M'A DÉJÀ TOUT RACONTÉ !
SHA
ENFIN, JE N'AI RIEN À DIRE !
VIUP
TOI, ANDOUILLE, DIS-LEUR QUI JE SUIS !
ZAN
OÙ EST LE MAGE KLOAK ?!
JE...
BAM
J'AI GUIDÉ LES GARDIENS JUSQU'ICI !
JE MÉRITE UNE RÉCOMPENSE !
TON GESTE N'ÉTAIT DICTÉ QUE PAR TA CUPIDITÉ ! TU DEVRAIS AVOIR HONTE !

VRUL
VRUL
MAIS ALORS... COMMENT ALLONS-NOUS...
VRUL
JE SUIS PERDUE... SI VOUS N'ÊTES PAS LE... ET VOUS, LES...
MH?
TAP
LA CITÉ EST ATTAQUÉE ! NOUS DEVONS VOUS ÉVACUER SUR-LE-CHAMP !
BRAOUM
BWAA-AAAH !

BROOOM
TU ES CONTENT DE TOI ? TU NOUS AS FAIT PERDRE UN TEMPS PRÉCIEUX !
JE NE VOULAIS PAS, JE...
BWAAH!
LAISSE-MOI T'AIDER !
PARTEZ !
TU NE PEUX RIEN FAIRE !
TU N'ES QU'UN VILLAGEOIS !
WUUN
JE N'AI... PLUS ASSEZ DE...
QU'EST-CE QUE TU...
PAF

WHAAM
OH !
CETTE ÉNERGIE...
JA VAIS LE PORTER !
FIUT
IL FAUT SORTIR D'ICI !
CRASH !
BAOUM
OÙ SONT LES AUTRES ?
JA LES AI VUS PARTIR DANS LA SALLE DU CRISTAL !
TAP
TAP
TAP
TAP
PROTÉGEONS LE CRISTAL, QUOI QU'IL EN COÛTE !
SUIS-MOI ! NOUS DEVONS LES REJOINDRE !

OU PEUT-ÊTRE ÊTES-VOUS LES GARDIENS QUE NOUS ESPÉRIONS...
JE NE SAIS PAS QUI DIT VRAI...
PEUT-ÊTRE ÊTES-VOUS DES IMPOSTEURS VOUS AUSSI...
MAIS QUAND TOUT SEMBLE PERDU, NOUS DEVONS FAIRE MONTRE D'ESPOIR...
QUE LA MAGIE DU CRISTAL NOUS ÉCLAIRE SUR VOS VÉRITABLES INTENTIONS !
BWAAAH...
BADAAA...
BWAAA-AAAH...
POF
WAAAA...
BWAA-AAH....

BWAAAAH !

PAF
CLING
CLIDING
POF
CET IDIOT NOUS A PEUT-ÊTRE BEL ET BIEN RAMENÉ LES GARDIENS...
JE SUIS PAS... UN IDIOT...

MEMBRES DU HAUT CONSEIL, NOUS VENONS D'ASSISTER AU MIRACLE DE...
HEIN ?
MAIS NON, VOYONS, CE N'ÉTAIT RIEN DU TOUT...
LES CHOSES SÉRIEUSES N'ONT MÊME PAS ENCORE COMMENCÉ...
TODOOOM
DITES, VOUS VOULEZ JOUER AVEC MOI ?
BOUM
BOUM

JE CONNAIS PLEIN DE JEUX MARRANTS...
JE DIRAIS MÊME QU'ILS SONT À MOURIR DE RIRE !
FROSH
ET SI ON COMMENÇAIT PAR LA CORDE À SAUTER ?
VLAN
BWAA-AAH !
BADA-BWAH !
ZUT, ON DIRAIT QUE CERTAINS ÉTAIENT PRESSÉS DE DESCENDRE...
QUAND J'EN AURAI FINI AVEC VOUS, LE CRISTAL SERA À NOUS...
ET VOUS N'AUREZ PLUS RIEN !
AHAHA
ALLEZ, SOURIEZ !
CLIC
JE VOUS ATTENDS EN BAS, MON MAÎTRE A CORROMPU UNE CRÉATURE RIEN QUE POUR VOUS...

GRRRRR
VENEZ CONTEMPLER LE VISAGE DE VOTRE FIN !

THE LAPINS CRÉTINS
LUMINYS
QUEST

Chapitre 4

L'attaque du loup Fénon

FAITES VITE, NOUS DEVONS NOUS ABRITER !
ET SORTIR D'ICI EN VITESSE !
MOURIR ÉCRABOUILLÉS ICI OU ÉCRABOUILLÉS DEHORS, JE SOUMETS ÉGALEMENT CE CHOIX AU VOTE DU...
CRAS
DÉPÊCHONS-NOUS !
BWAAAH !
JA M'EN OCCUPE !
PAF
PAF
DIS, TU CROIS QUE TU POURRAIS...
HUN
UNE BONNE CHOSE DE FAITE.
CHUT MOUT'MOUT' ! OU JA ME SERS DE TOA COMME BOUCLIER !
NON MAIS JE RÊVE ! COMMENT OSEZ-VOUS ?! JE SUIS LA PRÉSIDENTE DU...
BADA !
GRAB

BADA BWAAAH, BAH !
EUH, OUI... COMMENT DIRE... PEUT-ÊTRE QU'ON POURRAIT D'ABORD ESSAYER LA MANIÈRE DOUCE...
RÉVEILLE-TOI ANDOUILLE, J'AI BESOIN DE TON AIDE !
MAMAN ? T'AS FAIT MES TARTINES ?
C'EST L'HEURE D'ALLER À L'ÉCOLE ?
BON... LA MANIÈRE DOUCE, CE SERA POUR UNE AUTRE FOIS !
FSSH
GRAB
ATTEN-TION !
BRAM
WAAA !
HÉ ! STOP !! TU VAS M'ARRACHER LA TÊTE !
C'EST TOUT CE QUE TU MÉRITES !
SPLAF
SHA
TU VAS TE RÉVEILLER ?!

MOI, COMBATTRE POUR VOUS ? TU RIGOLES !
CE MONSTRE PEUT DÉTRUIRE LA CITÉ LUMIÈRE, JE M'EN FICHE !
PAF PAF
POK POK POK
TU POUVAIS PAS SIMPLEMENT ME DONNER UNE PETITE TAPE ?
TU DOIS ALLER COMBATTRE ! ON A BESOIN DE TOI !
OP
QUEL LÂCHE...
COMMENT AS-TU PU IMAGINER UNE SEULE SECONDE QU'ON ALLAIT TE PRENDRE POUR NOTRE GRAND MAGE ?
TSS
C'EST PAS DIFFICILE, TOUS LES MAGES SONT LES MÊMES... PRÉTENTIEUX, MÉGALOS, ÉGOÏSTES...
KLOAK EST SANS DOUTE LE PIRE DE TOUS !
RETIRE CE QUE TU AS DIT !
SINON QUOI ? TU N'ES QU'UNE PRÊTRESSE, TU N'AS PAS LE POUVOIR DE ME FAIRE DE MAL !
JE VOUDRAIS BIEN VOIR ÇA !
MAIS JE PEUX ESSAYER !
AGITE AGITE
TU VOIS PAS QU'ON...
QUOI ?!
POINTE
BADA BWAH...
BWAH !

GRRR
OK, SI ÇA T'EMBÊTE PAS, ON REMET NOTRE DISCUSSION À PLUS TARD...
NE BOUGEZ... NE... NE BOUGEZ PAS...
GROOON
OUPS !
GRRRRR
BRAAAM
COUREZ ! COUREZ !
TAP TAP TAP TAP
BADA-BWAH !
BADAA !
TAP TAP TAP TAP
MAIS TU CHANGES TOUT LE TEMPS D'AVIS !!
TAP
OUI, DÈS QUE MA BESACE MAGIQUE SERA PLEINE...
MAIS QU'EST-CE QUE TU FAIS ?! ON DOIT QUITTER LA TOUR !
FROSH
NON, PAR ICI ! ON SERA À L'ABRI !
ON PEUT SORTIR PAR LÀ !
GRAB

AH NON, JE TE COUPE TOUT DE SUITE !
ET OÙ TU VIVRAS QUAND CARNAGE ET SES MONSTRES AURONT TOUT DÉTRUIT ?!
CE COMBAT, C'EST AUSSI LE TIEN ! TU ES UN HABITANT DE LUMINYS...
OUAIS ! AVEC CES "BABIOLES", JE VAIS POUVOIR VIVRE TRANQUILLE, FIGURE-TOI !
GRAB
BADA-BWAH...
ALORS C'EST TOUT CE QUI T'INTÉRESSE... VOLER DES BABIOLES...
LES GENS COMME TOI N'ONT AUCUNE LEÇON À ME DONNER...
DEPUIS DES SIÈCLES, VOUS DÉFILEZ DANS VOS BEAUX HABITS, AU MILIEU DE VOS BELLES RUES, AVEC VOS RICHESSES... TOUT ÇA PARCE QUE VOUS AVEZ LA MAGIE !
ET LE PETIT PEUPLE N'A RIEN ! NOUS NOUS DÉBROUILLONS PAR NOS PROPRES MOYENS !
ÉCOUTE... J'AI BIEN COMPRIS QUE TU NOUS DÉTESTES...
FROSH
VOUS DÉTESTER ? AH MAIS NON, Y A UN MALENTENDU, LÀ...
MAIS TOUT À L'HEURE, DANS LE CLOCHER... QUAND TU M'AS TOUCHÉE... TU...
RIEN DU TOUT, TU AS RÊVÉ.

TAP
JE VOUS HAIS.
FIUT
MAIS... QU'EST-CE QU'ON T'A FAIT ?
CE QUE VOUS M'AVEZ FAIT ?!
TOUT LE MONDE VOUS DÉTESTE...
FRO
SH
AUJOURD'HUI C'EST CARNAGE, DEMAIN CE SERA UN AUTRE...
TAP

DOOM
CETTE SITUATION, VOUS L'AVEZ BIEN CHERCHÉE !
BADA !
SHA
VOUS NE FAITES QUE PRENDRE... PRENDRE ENCORE ET ENCORE...
NOS VIES, NOS RÊVES, NOTRE MAGIE...
BRRR

ALORS SI LE LOUP FÉNON DÉMOLIT TA CITÉ, NE COMPTE PAS SUR MOI POUR VERSER UNE LARME...
J'AI COMPRIS... MAIS TU OUBLIES QUE SI LE CRISTAL TOMBE ENTRE LES MAINS DE CARNAGE...
IL NE S'AGIRA PLUS UNIQUEMENT DES HABITANTS DES CITÉS LUMIÈRES ...
GRIP
TSSS

TAP
ÉCOUTE... PRENDS TOUT CE QUE TU VEUX, ÇA N'A PLUS D'IMPORTANCE...
SUIS LA FOULE JUSQU'AUX SOUTERRAINS, ILS CONDUISENT AUX GRANDES PLAINES.
ET TOI, TU VAS FAIRE QUOI ?
J'AI FAIT LE VŒU DE PROTÉGER LE CRISTAL.
JE SUIS PRÊTE À TOUT.
BADA ?
QUOI ? ARRÊTEZ DE ME REGARDER COMME ÇA.
FIIIXE
HUM...
BADA...
ON A PERDU ASSEZ DE TEMPS...
TAP
TAP
TAP

FLAP FLAP
BADA... C'EST ÇA, PARTEZ...
WUB WUB
J'AI BESOIN DE PERSONNE, DE TOUTE FAÇON !
TAP
TAP
TAP
BL L
BL L
SPRFT !
BLL BLL
KRASH
BRR
BRR
...
BRRR

TAP
TAP
TAP
ON NE PEUT RIEN CONTRE LUI !
IL EST TROP FORT ! FUYEZ !
TAP
PAF
BR
JE DOIS... JE DOIS... JE...
RR
JE DOIS PROTÉGER LE CRISTAL...
JA SUIS RESTÉ AUSSI !
TAP
MERCI !
MERCI À TOUS !
TADAAM
VOUS ÊTES VENUS !
BADA-BWAH
BOOM
ALLEZ KIMPA, SOIS COURAGEUSE...
TU ES ENTRAÎNÉE, TU AS TRAVAILLÉ DUR, TU CONNAIS TA MAGIE...

NOUS DEVONS L'EMPÊCHER DE S'EMPARER DU CRISTAL...
TA DAAA
ET SAUVER LUMINYS !

GRAARH !!
VRAM
JE L'AVAIS IMAGINÉ UN PEU MOINS IMPOSANT...
GRAB
NON, JE NE DOIS PAS HÉSITER DEVANT LES GARDIENS, ILS VONT M'AIDER !
UNE SEULE DE SES GRIFFES SUFFIRAIT À NOUS BALAYER !
JE POURRAIS LANCER UN SORT DE RÉDUCTION, MAIS IL ME RESTERAIT ALORS TRÈS PEU D'ÉNERGIE...

SHAA
WHAM
FEU DE FERYA !
BRRR
BWAAAH !
J'AI RÉDUIT SA TAILLE...
À VOUS DE JOUER !
OUFF

OUI, VAS-Y ! ASSOMME-LE !
BROOOM
BWAAAH...
GRRR
TU PEUX Y ARRIVER !
GRRRRRR
AH.
C'EST LE MOMENT ! MAINTEN...
SPLAF
NON !

GROWL
SWISH
SWISH
GRAB
BRAAM
GRAB

BADA BADA, BWAH !
HÉ, TOI !
LICK
DOM
TAP TAP
TU NOUS AS SAUVÉS ! TU ES MON HÉROS !
HU HU HU
BADA...
C'EST PAS LE MOMENT DE RÊVASSER !
SBAM
TAP
TU NE VOUDRAIS PAS NOUS DONNER UN COUP DE MAIN, LÀ ?
BWAAAH !

PRR PRR
GRR
WHAM
SHA
DRAM
POUF
CLING
POUSSE
BADA ?
BWAAAH !
POING
BABADADA !
THUMPS
STACK
BADA !
BLORCH

GRAA
FWOOM
SCHLOP
CH
HOUU
SBAM
BADA ! BADA ! BADA !
SBA
BAM
QU'EST-CE QUE...
STOP
BADA ?
ATTENTION !

ATTENTION, LÉON ! ÉCARTE-TOI !
SAUVEZ-VOUS !
LÉON !
GRAB
JA VAIS LE RETENIR, JA PEUX ENCORE LE...
SBAM
LÉON ! NON !
BADAA !

BADA-WAWA !
WHAM
WHAM
WHAM
BADA-WAWA BWAAH !
POFF
PFSSH !
BAOUM

BADA ?
JA VOTE
PRO...
TA ES PL
BELLE EN
QUE
CRIST
DOOM
GOOD
BOI
CHABADABADA
CHABADABADA...
TAP
TAP
VIUP
..BADABAAA

JE NE SAIS PAS CE QUE CARNAGE T'A FAIT... MAIS TU N'ES PAS CETTE CRÉATURE, TU N'ES PAS UN MONSTRE !
AUTREFOIS, TU VEILLAIS SUR LES PLAINES DE LUMINYS !
TU ÉTAIS L'UN DE NOS PROTECTEURS !
WHAAM
GRRR
JE NE SSERAI SER...
DOM
TU DOIS PROTÉGER LE CRISTAL, PAS LE LIVRER À CARNAGE !
TU DOIS RECOUVRER TES ESPRITS !
BRRR
PAF
OUI, CALME-TOI... JE SAIS QUE TU ES ENCORE LÀ, QUELQUE PART...

MAGE KLOAK, PARDONNEZ-MOI, JE N'AI PAS RÉUSSI...
GRRR
P
ZING
PLOUF
BADA-WA...
ZAK
BADA...
POIAC
WAAA !
GG

FÉNON
FORCE 100 %
ENDURANCE 100 %
AGILITÉ 100 %
BADA ?
PLOF
BADA !
BIP BIP BIP BZZ BIP
CRAC
BWAAH !
BZZ
BZZ
KZZHHA
BWAH !
GROAR

BADA-BWAH ?
J'AI LOUPÉ QUELQUE CHOSE ?
TAP
HOP
POUF
MAIS QU'EST-CE QUE TU AS FAIT ?
BADA !
JE CROIS QUE...
VIUP
HOP
ON A PERDU ?
C'EST FINI ?
HOU !
HOUUU !
JE CROIS QUE LES GARDIENS NOUS ONT SAUVÉS !

HOP
ALORS C'EST FINI ? CARNAGE EST VAINCU ?
LA PROPHÉTIE DISAIT VRAI !
C'EST UN MIRACLE !
SLAP
OUAH! OUAH!
BWAAH !
J'AI PEUT-ÊTRE UNE PISTE...
BADA !
TA- DAAM
Boutique à la Mode
POINT
BADA !
OUI, MAIS...
ATTENDEZ UN INSTANT, OÙ EST L'AUTRE CRÉATURE ? LA FILLE DE TOUT À L'HEURE...
TU PEUX DIRE À CARNAGE QUE...
LES GARDIENS ONT VAINCU LE LOUP FÉNON, C'EST TERMINÉ ...
BADA-WA !
HUN !
VOUS N'ÊTES PAS ENCORE MORTS ?
VOUS ?
TOI...
HA! HA! HA!
HA! HA! HA!

BIENTÔT, LES DOUZE CRISTAUX SERONT À NOUS.
ET LA SEULE CHOSE QUE JE REGRETTERAI DE TON MONDE...
TAP
CE SONT CES MAGNIFIQUES ROBES !
FLASH
TERMINÉ ? MAIS MON POUSSIN, POURQUOI CROIS-TU QUE JE SUIS EN TRAIN DE CHOISIR UNE NOUVELLE TENUE ?
TU AIMES CELLE-CI ? JE PENSAIS LA METTRE À TON ENTERREMENT !
OU ALORS POUR LA COUVERTURE DU TOME OÙ J'ANÉANTIRAI TES GARDIENS ...
BWAH !
FLASH
CE N'EST QUE LE DÉBUT... MON MAÎTRE A D'AUTRES CRÉATURES EN STOCK, PRÊTES À SEMER LE CHAOS...
VR DO AR
À BIENTÔT, MES CHÉRIS !
JE M'OCCUPERAI DE VOUS UNE PROCHAINE FOIS, JE NE VEUX PAS SALIR MES NOUVEAUX VÊTEMENTS !
BADAA !
BADA...
JA VAIS LA CALMER...
CRAC

D'AUTRES MONSTRES ?
ELLE A VRAIMENT PARLÉ D'AUTRES MONSTRES ?
NOUS DEVONS PRÉVENIR LES CITÉS VOISINES... ET EMPÊCHER QU'UN DRAME SE PRODUISE...
FRSHHH
SI UN SEUL DES CRISTAUX LUMIÈRES TOMBE ENTRE LES MAINS DE CARNAGE, ALORS LUMINYS...
SERA DÉTRUITE.
HEUREUSEMENT QUE J'AI RAMENÉ LES GARDIENS, ALORS !
TU N'ES PAS PARTI ?
J'AVAIS ENVIE DE VOIR COMMENT TOUT CECI ALLAIT TOURNER...
TAP
GARDES, ARRÊTEZ CET IMPOSTEUR !
VOS GARDES NE SONT PAS VRAIMENT EN ÉTAT, LÀ...
ET PUIS, EXCUSEZ-MOI, MAIS J'CROIS QUE VOUS AVEZ D'AUTRES PROBLÈMES POUR LE MOMENT...
AÏE

DO~DOOM
QUE DIRIEZ-VOUS DE VOUS OFFRIR LE MEILLEUR GUIDE DE TOUT LUMINYS ?
VOS GARDIENS SEMBLENT M'AVOIR À LA BONNE...
VIIUP
BWA!
CHABADABA DA~ BADABA BA
ELLE EST AMOUREUSE.
IL EST LÂCHE, IL EST FOURBE, IL EST... IL EST ...
HORS DE QUESTION !
EH BIEN, IL EST VRAI QUE CE LONG PÉRIPLE NÉCESSITERAIT UN...
VIUP
NON NON
EH BIEN, JE NE SAIS PAS, JE...
LAISSEZ-MOI M'EN CHARGER, JE SUIS LA PRÊTRESSE DU CRISTAL DU NORD... JE PEUX LE METTRE EN SÉCURITÉ ET INFORMER LES AUTRES CITÉS DU DANGER QUI LES MENACE...

REGARDEZ LES GARDIENS, COMME ILS LE CÉLÈBRENT...
KIMPA, S'ILS ONT CONFIANCE EN LUI, ALORS VOUS DEVEZ VOUS AUSSI FAIRE ACTE DE FOI ET CROIRE EN CE JEUNE HOMME...
POP POP POP POP
BADAHA HA HA !
BANDE DE CRÉTINS, J'AI DES PAILLETTES PLEIN LES YEUX !
CLING CLING

C'EST QUELQUE CHOSE DE PLUS IMPORTANT, JE PENSE QUE...
NOUS EN PARLERONS PLUS TARD, KIMPA.
POUR L'HEURE, NOUS AVONS D'AUTRES PROBLÈMES À RÉGLER.
ÉCOUTEZ, AU SUJET DE TÉO... JE CROIS QU'IL NOUS CACHE QUELQUE CHOSE.
ÉTONNANT VENANT D'UN GARÇON QUI S'EST PRÉSENTÉ À NOUS SOUS LES TRAITS DE NOTRE BIEN-AIMÉ MAGE KLOAK...
UTILISONS LA MAGIE DU CRISTAL POUR RECONSTRUIRE NOTRE CITÉ !
REDONNONS-LUI LA SPLENDEUR QUI EST LA SIENNE !
SHA
VOUS AVEZ ENTENDU NOTRE PRÉSIDENTE, RÉPARONS TOUT CE BAZAR !
WHAAA
SHA

VIUP VIUP
UN LONG VOYAGE ATTEND LES GARDIENS...
ET C'EST LUI QUI VA LES GUIDER ?
FLOP
HA!
MAIS QUE SAVONS-NOUS AU JUSTE DE LUI ?
SAIT-IL SEULEMENT LUI-MÊME QUI IL EST ?

BWAAAH!
OUAF
OUAF

THE LAPINS CRÉTINS
LUMINYS
QUEST

Chapitre 5
Le seul espoir de Luminys

C'ÉTAIT LA DERNIÈRE TOUR.
SPLAF
WOO
ALLONS NOUS OCCUPER DU QUARTIER OUEST !
ET LA GRANDE TOUR DU CRISTAL ?
LE HAUT CONSEIL A SOUHAITÉ S'EN OCCUPER PERSONNEL-LEMENT.
D'AILLEURS, JE ME DEMANDE BIEN CE QUI SE PASSE, LÀ-HAUT...
WOO
WOO
ALLEZ, DU NERF ! LA CITÉ NE VA PAS SE RECONSTRUIRE TOUTE SEULE !
WOOO

WOOM
LA DERNIÈRE FOIS QUE J'AI VU KLOAK, IL COURAIT EN SLIP DANS LA FORÊT !
BWAA-AAAH !
VOUS CONVIENDREZ QU'IL EST DIFFICILE DE CROIRE EN CETTE VERSION DES FAITS...
MAIS J'VOUS JURE !
BWAH !
LUI SEUL SAURA COMMENT PROTÉGER LE CRISTAL DE CES CRÉATURES !
TAP
EXCUSEZ-MOI !
JE PENSE QUE LA PRIORITÉ EST DE RETROUVER NOTRE MAGE...
EN SLIP ? ÉTRANGE, JE L'IMAGINAIS PLUTÔT PORTER DES CALEÇONS ...
VOUS SAVEZ, LES SLIPS SONT BEAUCOUP PLUS PRATIQUES POUR...
ILS SE CHARGERONT DE LA PROTECTION DU CRISTAL.
LES GARDIENS NOUS ONT PROUVÉ QU'ILS ÉTAIENT DIGNES D'UNE TELLE RESPONSABILITÉ.
VIUP
BADA ?
BADA !
J'AI BIEN PEUR QUE NOUS N'AYONS PLUS LE TEMPS, MA CHÈRE KIMPA...
CARNAGE N'ABANDONNERA PAS SI FACILEMENT, IL VA REVENIR ! NOUS DEVONS METTRE LE CRISTAL À L'ABRI LOIN D'ICI.
NOUS DEVONS PRÉVENIR LES AUTRES CITÉS ET LES AIDER À AFFRONTER CETTE MENACE.

TU NOTES BIEN TOUT, HEIN ?
ON VA FAIRE UNE RISTOURNE SUR LES HÉMATOMES...
ALORS, CINQ MONSTRES ET JE RETIENS TROIS, PLUS UNE FIN DU MONDE, MOINS DEUX ALLIÉS...
BIP BIP BIP
BIP BIP
BADA !
ET MOI, DE LES GUIDER... MAINTENANT, SI ON PARLAIT DE MES HONORAIRES ?
Cling
TA- DAAM
BADA-BWAH !
5.437.892
TRÈS BIEN, VOILÀ MON PRIX, NON NÉGOCIABLE.
LES TAXES SONT INCLUSES.
HUM... Y A PAS DE TOUCHE GRATITUDE NI RECONNAISSANCE SUR CETTE CALCULETTE... ÇA FAIT COMBIEN ?
VOUS AUREZ TOUTE NOTRE RECONNAISSANCE ET NOTRE GRATITUDE, VOUS SEREZ UN HÉROS POUR TOUS LES HABITANTS DE ...
VIUP
BADA !
ÇA FAIT QUE DALLE !
J'AI DIT "NON NÉGOCIABLE" ? ATTENDEZ...
BON... FAITES-MOI UNE OFFRE !
MAIS JEUNE HOMME, TOUTES LES RICHESSES DE LUMINYS NE POURRAIENT SUFFIRE À VOUS RÉGLER CETTE SOMME...

ÉCOUTEZ, L'HEURE EST GRAVE...
NOUS N'AVONS PLUS LE TEMPS POUR LES SECRETS...
JE VAIS VOUS RACONTER TOUT CE QUE NOUS SAVONS...
CARNAGE ÉTAIT LE PUISSANT MAGE DE LA CITÉ LUMIÈRE DE L'EST. CORROMPU PAR SON PROPRE POUVOIR, IL S'EST DÉTOURNÉ DE SA TÂCHE...
D'APRÈS NOS INFORMATIONS, IL AURAIT DONNÉ VIE À QUATRE GÉNÉRAUX, ISSUS DES ÉLÉMENTS PRIMAIRES DE LUMINYS...
CELLE QUI A ATTAQUÉ NOTRE CITÉ AUJOURD'HUI SE NOMME AZELLE, CRÉATURE DES PLAINES SAUVAGES...
MAIS CE N'EST PAS TOUT...

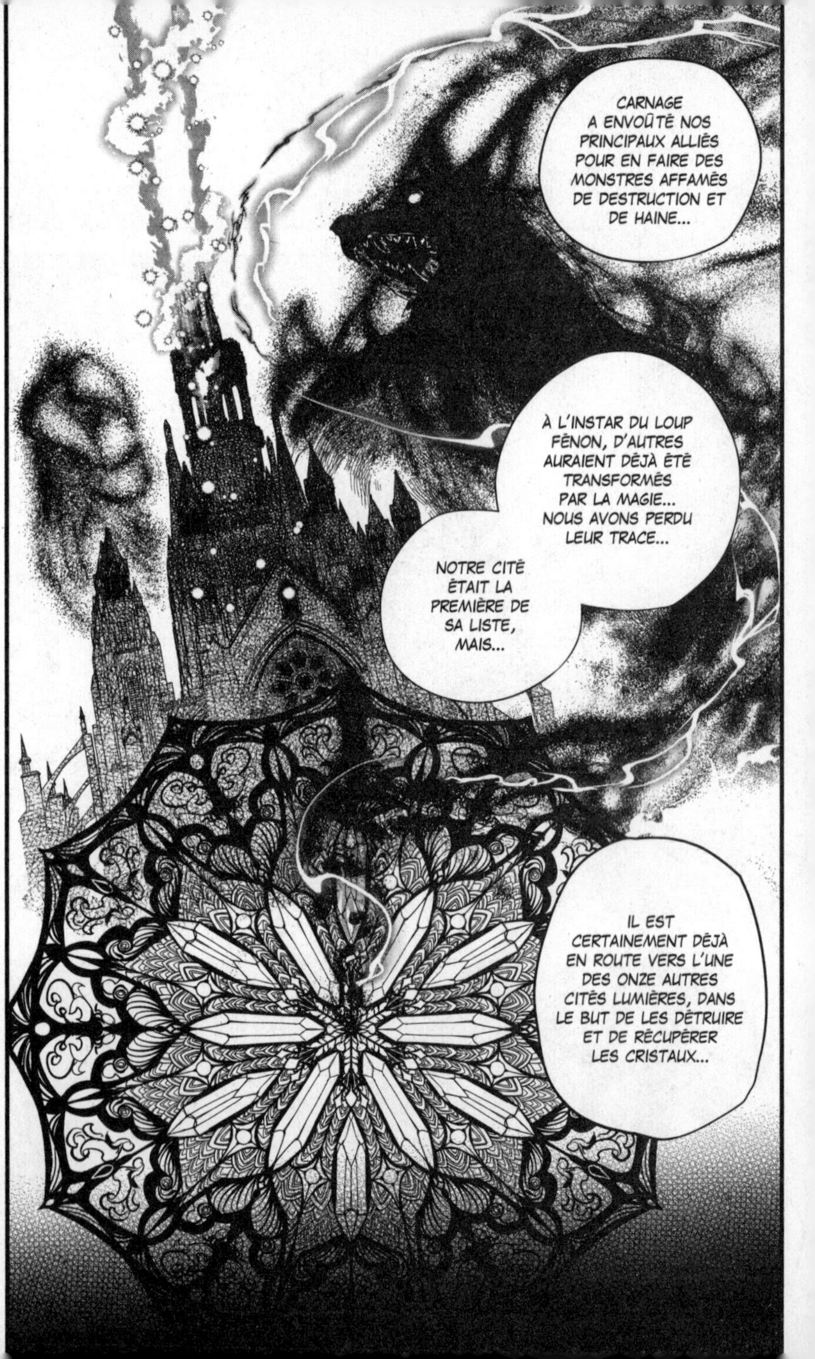
CARNAGE A ENVOÛTÉ NOS PRINCIPAUX ALLIÉS POUR EN FAIRE DES MONSTRES AFFAMÉS DE DESTRUCTION ET DE HAINE...
À L'INSTAR DU LOUP FÉNON, D'AUTRES AURAIENT DÉJÀ ÉTÉ TRANSFORMÉS PAR LA MAGIE... NOUS AVONS PERDU LEUR TRACE...
NOTRE CITÉ ÉTAIT LA PREMIÈRE DE SA LISTE, MAIS...
IL EST CERTAINEMENT DÉJÀ EN ROUTE VERS L'UNE DES ONZE AUTRES CITÉS LUMIÈRES, DANS LE BUT DE LES DÉTRUIRE ET DE RÉCUPÉRER LES CRISTAUX...

SEULS ET ISOLÉS, LES MAGES LUMIÈRES NE POURRONT RIEN FAIRE CONTRE LUI...
SI CARNAGE PREND POSSESSION DES CRISTAUX, NOUS NE POURRONS PLUS L'ARRÊTER.
NOUS AVONS CACHÉ CES INFORMATIONS POUR NE PAS EFFRAYER LES HABITANTS DE LUMINYS. KLOAK PENSAIT QUE NOUS POUVIONS VENIR À BOUT D'UN SEUL MAGE...
NOUS AVONS DÉCOUVERT TROP TARD QUE C'ÉTAIT IMPOSSIBLE... CARNAGE A DONNÉ VIE À DES MENACES BIEN TROP PUISSANTES...
WHAM

ALORS MAINTENANT, DITES-NOUS...
ACCEPTEZ-VOUS DE NOUS AIDER ?
THUP
VOILÀ POURQUOI NOTRE MAGE A TENTÉ LE TOUT POUR LE TOUT EN INVOQUANT LES GARDIENS DE LA LÉGENDE...
VIUP
BADA-BWAH ! BADA !
CETTE... CE... CE GARDIEN VIENT-IL DE ME...
SPLAF
SHLAP
MAIS STOP ! ENFIN !
SI CELA VOUS PERMET DE REPRENDRE DES FORCES, JE VOUS AUTORISE À...
GRAB
EXCUSEZ-LE, MADAME LA PRÉSIDENTE... C'EST UNE DURE JOURNÉE POUR TOUT LE MONDE. DEPUIS L'ATTAQUE, LES GARDIENS N'ONT PAS EU LE TEMPS DE SOUFFLER, ET...

BON, EN GROS, SI JE RÉSUMÉ...
ON VA DE CITÉ EN CITÉ, ON BOTTE LES FESSES DES MONSTRES, ON RÉCUPÈRE LES CRISTAUX, ET BIM, ON A GAGNÉ ?
FRSH
WOOO
C'EST TRÈS RÉSUMÉ, MAIS DANS L'IDÉE, OUI.
OH, MAIS À L'AISE, VOUS AVEZ VU COMME ON A RÉGLÉ SON COMPTE AU LOUP FÉNON EN DEUX MINUTES ?
JE NE SAIS PAS COMMENT TOI TU L'AS VU, PUISQUE TU ES RESTÉ CACHÉ PENDANT TOUT LE COMBAT.
HÉ HO, CHACUN ÉVACUE SON STRESS COMME IL PEUT, ARRÊTE DE ME JUGER !
TSS
LE CAMOUFLAGE, C'EST UN TALENT !
ET PUIS NOUS AVONS LES GARDIENS ! ON A RIEN À CRAINDRE ! ILS FONT ÇA TOUS LES JOURS, SAUVER LE MONDE.
VIUP
NE COMMETTEZ PAS LA MÊME ERREUR QUE NOUS EN SOUS-ESTIMANT CARNAGE...
VOUS VOULEZ UNE DÉMONSTRATION ? PAS DE PROBLÈME !
BRAM
JE VAIS VOUS PROUVER QUE VOUS EN AUREZ POUR VOTRE ARGENT !
GRAB
FSHh

PARFAIT !
DONNEZ-MOI JUSTE UNE MINUTE...
SBLUCH
SBLUCH
VOILÀ !
ZAP
OH NON ! AU SECOURS !
AZELLE EST REVENUE !
BWAAAAH !
DOM

VIUP
VIUP
BADAAAA BWAAAA-AAAH !
JE VENAIS JUSTE DE RECONSTRUIRE LE MUR !!
BADA !! BADA !! BADA !!
FSSHH
SBONK
ALORS, VOUS VOYEZ ?
DITES-NOUS OÙ ILS SONT, ET ON S'EN OCCUPE, DE VOS MONSTRES !
TU CROIS VRAIMENT QUE CE SERA AUSSI SIMPLE ?
PLUS FACILE QUE DE T'ARRACHER UN SOURIRE, ÇA C'EST SÛR !

KIMPA, JE COMMENCE VRAIMENT À CROIRE QUE CE GARÇON NE VOUS LAISSE PAS INDIFFÉRENTE...
ÉCOUTEZ, ON DEVRAIT PRENDRE LE TEMPS DE LUI FAIRE PASSER UNE EXPERTISE PSYCHIATRIQUE, VOUS VOYEZ BIEN QU'IL A L'AIR DINGUE !
SHA
QUOI ? MAIS ! PAS DU TOUT, JE...
ARGH
ÉCOUTE, JE DOIS SAUVER LE MONDE, MOI, J'SUIS PAS VRAIMENT DISPO POUR UNE RELATION SÉRIEUSE...
POF
IL SUFFIT !
NOUS N'AVONS PLUS LE LUXE DES BAVARDAGES ...
TAP
SUIVEZ-MOI JUSQU'AU CRISTAL...
PAS BESOIN D'ÊTRE UN CYCLOPE POUR VOIR QU'IL T'A TAPÉ DANS L'ŒIL !
GRRR !
BWAHA-HAHA-HAHA !
WHAAAM
ET PUIS, T'ES PAS TROP MON TYPE.
TAP
TAP
BADAAA !
WAAAAA !
APPROCHEZ-VOUS, S'IL VOUS PLAÎT, LE TEMPS PRESSE...

C'EST JUSTE UN BÂTON EN FERRAILLE TOUT ROUILLÉ...
ET DIRE QUE VOUS COMPTIEZ REVENDRE UN OBJET AUSSI INCROYABLE...
GRAB
EUH OUI...
FRSH
WOOO
DÉTROMPEZ-VOUS, LES SCEPTRES DES MAGES SONT BIEN PLUS QUE DE SIMPLES RELIQUES DE NOTRE PASSÉ...
FZZT
ILS SONT LE COEUR MÊME DE LEURS INCROYABLES POUVOIRS...
WAAAA...
BADA !
TRÈS BIEN, RECULEZ TOUS !
BWAH!
TÉO, AVEZ-VOUS TOUJOURS LE SCEPTRE DE FEU DU MAGE KLOAK ?
VOUS DEVEZ PARTIR. TANT QUE LE CRISTAL SERA ICI, LA CITÉ SERA EN DANGER !
CARNAGE NE DOIT PAS LE TROUVER !
WHAM
IL N'EXISTE QU'UNE FAÇON DE METTRE LES HABITANTS DE CETTE CITÉ À L'ABRI...
WHAA

NOTRE PRÉSIDENTE SAIT CE QU'ELLE FAIT !
LE CRISTAL A EXPLOSÉ ?!
WHAM
VOILÀ, C'EST ÇA... DOUCEMENT ...
WOO
ET C'EST À VOUS, GARDIENS, QUE JE CONFIE NOTRE BIEN LE PLUS PRÉCIEUX.
LE CŒUR DE NOTRE CITÉ LUMIÈRE...
WOOO
ATTENDEZ, LA SOURCE DE MAGIE DE TOUTES LES PLAINES DE LUMINYS TIENT DANS CE MINUSCULE MACHIN ?
IL S'AGIT D'UNE VERSION PLUS CONCENTRÉE, MAIS TOUT AUSSI PUISSANTE ...
BWAH !
SWISH
CROC
NON NON, VOUS NE POUVEZ PAS... VOUS NE....
BADA ?
NOTRE AVENIR À TOUS EST DÉSORMAIS ENTRE VOS MAINS...
GRAB

BADA ! BADA !
PAS DE PANIQUE ! JE L'AI !
HOP, REGARDEZ, JE LE METS DANS MA POCHE, ET VOILÀ !
TLIN
ILS VIENNENT DE... DE...
EUH
HORS DE QUESTION QUE TU LE GARDES SUR TOI.
TU ES CAPABLE D'ALLER LE REVENDRE AU PREMIER MARCHAND DU COIN !
AH OUI, ET TU COMPTES FAIRE QUOI ? LE CACHER DANS TON TIROIR À CHAUSSETTES JUSQU'À CE QU'ON REVIENNE ?
WOOOOO
GRAB
PAS SI VITE !
J'AI PARFAITEMENT ENTENDU...
J'AI DIT QUE...
ALLÔ ? Y A QUELQU'UN ?
TU AS ENTENDU ?
PAS BESOIN, JE VIENS AVEC VOUS !
DOOM

DOM!
SI Y A D'LA BASTON, JA VIENS AUSSI !
ATTENDEZ, ATTENDEZ, ATTENDEZ...
ON EST AU COMPLET, TU VOIS ?
ON N'A PAS BESOIN D'UNE CASSE-PIEDS ...
COMMENT DIRE...
BADA !
ET JA D'JÀ FAIT MA VALISE ! HORS D'QUESTION DE LAISSER LA PAILLETTE DE MES JOURS SANS DÉFENSE !
SI TA ES PAS CONTENT, T'AS QU'À EN DISCUTER AVEC MES POINGS !
DE TOUTE FAÇON, ON NE TE DEMANDE PAS TON AVIS. LES GARDIENS ONT BESOIN DE TOUTE L'AIDE QU'ON POURRA LEUR APPORTER.
VIUP
PRFFT!
JA SUIS L'BEAU GÉANT, TA ES LA HARPIE...
VOUS CROYEZ PAS QU'ON ATTIRE DÉJÀ ASSEZ L'ATTENTION COMME ÇA ? ON DOIT EN PLUS S'TRIMBALLER UN GROS GÉANT ET UNE HARPIE ?!
J'AVAIS COMPRIS, MERCI.
LA FORCE DE MONSIEUR LÉON POURRAIT VOUS ÊTRE UTILE, TOUT COMME LES CONNAISSANCES DE NOTRE PRÊTRESSE.
ELLE CONNAÎT LE CRISTAL MIEUX QUE PERSONNE ICI.
EH BIEN...
CE N'EST PAS UNE SI MAUVAISE IDÉE.
NON MAIS DITES-LEUR QUE C'EST PAS POSSIBLE !

DOM
PARCE QUE LES GARDIENS SONT DÉJÀ PARTIS, ET SI TU VEUX QU'ON LES RATTRAPE, ON DOIT SE METTRE EN CHEMIN MAINTENANT...
ET PUIS TU SAIS, JE CROIS QUE CE N'EST PLUS LE MOMENT D'EN DISCUTER.
VIUP
NE VOUS INQUIÉTEZ PAS, TÉO ! VOUS AUREZ LA RÉCOMPENSE QUE VOUS MÉRITEZ !
GRAB
BON, TRÈS BIEN, MAIS JE VEUX QU'ON DOUBLE MA RÉCOMPENSE !
NON, QU'ON LA TRIPLE !
TAP TAP
AH OUAIS ? ET POURQUOI DONC ?
BONNE CHANCE. LUMINYS A BESOIN DE...
CE QUI VOUS ATTEND AU BOUT DE CETTE QUÊTE N'A PAS DE PRIX, MON CHER AMI.
C'EST... PAR ICI, LES AMIS !
PAF
EUH PARDON, ON S'EST TROMPÉS DE PORTE...
VOUS ?!

FLAP
FLAP
TAP
HAN HAN...
DIS DONC, JE PENSAIS QU'ON EN AVAIT FINI AVEC CE TRUC OÙ VOUS PARTEZ DE VOTRE CÔTÉ !
BADA !
OUFF
OUFF
HÉ ! ATTENDEZ-MOI !
TAP
TAP
CE QUI VOUS INTÉRESSAIT, C'ÉTAIT LE GRAND CRISTAL...
BWAH !
NE VOUS INQUIÉTEZ PAS, IL Y EN A D'AUTRES. ON VA LES TROUVER.
BADA ! BADA-BWAH !
VIUP
AH, JE COMPRENDS MIEUX...
AH, VOUS ÊTES LÀ !
C'EST PAR OÙ LA BASTON ?! QUELQU'UN A PRIS UN TRUC À MANGER ? ON ARRIVE QUAND ? ON PEUT FAIRE UNE PAUSE PIPI ?
CARNAGE, PAR PITIÉ, TROUVE-MOI VITE ET ACHÈVE-MOI !
BLA BLA BLA

ATTENDS, MAIS COMMENT TU AS FAIT POUR TE CHANGER AUSSI VITE ?
TAP
TAP
TAP
UNE PRÊTRESSE SE DOIT D'ÊTRE PRÊTE POUR TOUTES LES SITUATIONS !
BADA ?!
UMF
NE T'EN FAIS PAS, MA LUMIÈRE ÉTINCELANTE, ELLE A TROP D'ZYEUX POUR MOI !
BIEN, VOICI L'ITINÉRAIRE QUE J'AI ÉTUDIÉ... NOUS DEVRIONS ATTEINDRE LA PROCHAINE CITÉ D'ICI QUELQUES JOURS !
MINUTE, QUI A VOTÉ POUR QUE TU SOIS LA CHEFFE ?
BWAH ?
BWAH !
DOM
JE NE SAIS PAS COMMENT TU FAIS POUR ÊTRE AUSSI INSUPPORTABLE !
C'EST RIDICULE !
JE PRENDS EXEMPLE SUR TOI ! C'EST CE QUE TU VOULAIS, NON ?!
QUE TOUT LE MONDE SOIT AUSSI NIAIS QUE TOI !
C'EST RIDICULE !
J'Y CROIS PAS, TU VAS RECOMMENCER TES ENFANTILLAGES ?
J'Y CROIS PAS, TU VAS RECOMMENCER TES ENFANTILLAGES ?
BLA
BLA
BLA

ON NE PART PAS EN VACANCES À LA PLAGE ! IL FAUT ALLER PAR LÀ !
MAIS ÇA N'A AUCUN SENS, LÀ-BAS, C'EST LA CÔTE !
JE SUIS LE GUIDE, ET J'AI DÉCIDÉ QU'ON IRAIT PAR LÀ-BAS !
VIUP
SHA
BADA ?
BADA ?
FRSH
BON, LAISSONS LE CRISTAL DÉCIDER ! IL EST CONNECTÉ À L'AURA MAGIQUE DES AUTRES CRISTAUX...
IL NOUS DIRA LEQUEL EST LE PLUS PROCHE !
WIIR
BADAA...
BADA...
TU VOIS, J'AVAIS RAISON. ON DOIT ALLER DANS CETTE DIRECTION.
CETTE FIN DU MONDE, FINALEMENT, CE N'ÉTAIT PAS UNE SI MAUVAISE IDÉE.
W
TAP
TAP
STONK
WIII

TAP
NOUS ÉCRIVONS L'HISTOIRE DE LUMINYS !
VOUS VOUS RENDEZ COMPTE ?
TAP
THUMP
THUMP
SWISH
CARNET DE VOYAGE
BWAH !
FIUT
OH TIENS, QUELLE EST CETTE FLEUR ?
NOS PENSÉES, NOS DÉCOUVERTES ...
SNIFF
PENDANT DES SIÈCLES ET DES SIÈCLES, LES LIVRES RACONTERONT NOTRE PÉRIPLE ...
NOUS DEVONS TOUT CONSIGNER...
ME DIS PAS QUE TU AS ÉTÉ RENIFLER UNE PESTE BUBONIA ?
C'EST NORMAL QUE JE NE SENTE PLUS MON VISAGE ?
BWAA-AAH !
BWAA-AAH !

J'HALLU-CINE...
T'ÉTAIS JAMAIS SORTIE DE LA CITÉ DU NORD ?
PECHTE QUOA ?
MIAM
FWOMF
PAS EXACHTE-MENT...
TU N'ES JAMAIS ALLÉE DEHORS ?!
TU N'ES PAS DANS UNE CITÉ LUMIÈRE, ICI, C'EST LA VRAIE VIE !
AVEC DE VRAIS MONSTRES, DE VRAIS DANGERS !
ET DE VRAIS CYCLOPES QUI S'ENNUIENT À MOURIR PENDANT QUE VOUS PERDEZ DU TEMPS...
BADA !
PWOM
ZHA
LÀ, REGARDE !
THUP
MOUAIS... IL SUFFIRAIT DE SUIVRE CE CHEMIN ET...
OH LÀ LÀ, C'EST DRÔLEMENT LOIN, EN FAIT...
VOYAG
BON, DONNE-MOI LE PLAN, C'EST MOI QUI GÈRE !
JE SUIS ENTOURÉ D'INCAPA-BLES...
LAISSE-MOA R'GARDER, J'AI L'FLAIR POUR ME METTRE DANS L'PÉTRIN !
GRAB
SI J'POINTE DANS UNE DIRECTION, J'TE GARANTIS QU'LES PROBLÈMES SONT PAR LÀ !
CARNET DE VOYAGE

TU POURRAIS NOUS BRICOLER UN MOYEN DE TRANSPORT AVEC CES TRUCS-LÀ ?
FROSH
BADAA !
HÊ TOI, VIENS VOIR !
BADA !
J'VERRAIS BIEN UN CHAR PLEIN D'COULEURS AVEC DES PICS POUR EMBROCHER NOS ADVERSAIRES ET LES DÉMEMBRER ET...
ON VA GARDER L'IDÉE DES COULEURS, MERCI LÉON.
PAF
TLONK
BWAAH !
TAC
TRUC
FRUP
BADA-WA !
FZZZT
PAM PAM PAM PAM
BA BA BA !
BAAA-DAAA !
TRUC TRUC

TA-DAAM
BADA-BWAAH !
JE SUIS PAS SÛR QUE CARNAGE NOUS PRENNE AU SÉRIEUX S'IL NOUS VOIT DÉBARQUER LÀ-DESSUS !
VROUM VROUM
MAIS IMAGINE-LA, COUVERTE DU SANG DE NOS ENNEMIS !
BADA !
ZAC
ZAC
BADA-WA !
GLOU GLOU
BADA...
TRUC TRUC

TA-DAAM
BADA-BWAAH !
TA POURRAIS PEINDRE UNE LICORNE DESSUS ?
VOIS PLUS GRAND ! PLUS SOLIDE ! PLUS RAPIDE !
JE CROIS EN TOI... TU PEUX MIEUX FAIRE !
JE NE SAIS PAS SI ÇA RÉPOND VRAIMENT AUX NORMES DE SÉCURITÉ...
HOP
BADA !
DOM
AH, ÇA, C'EST SUPER !
J'AI L'IMPRESSION QU'IL MANQUE QUELQUE CHOSE...
BADAA !
CHAC TAC
CHAC TAC
DOOM
BADAA !
ALORS OUI, EUH... COMMENT DIRE... SI ON ATTEND QUE LA MER MONTE JUSQU'ICI, ON N'EST PAS ARRIVÉS...
BWAH !
MAIS IL VA FALLOIR UN MODÈLE UN PEU PLUS GRAND...
BWIIIIIIII... BWIIII

ON PEUT ATTEINDRE LA CITÉ BULLE AVANT LA FIN DE LA JOURNÉE !
MAIS OUI, EN FAIT, C'EST PAS SI LOIN...
AH, REGARDE, TU TENAIS LE PLAN À L'ENVERS...
BADAA...
DOOOOM
CARNET DE VOYAGE
HA HA HA HA HA
HA HA ! EN FAIT, Y A MÊME UN RACCOURCI !
BWAA-AAAAH !
SWISH
LÉON, TU POURRAIS...
TAP
OU ALORS... ÇA TENTE PERSONNE UN BARBECUE ? Y SENTIRA RIEN ET J'AI UN P'TIT CREUX...
PERSONNE N'A FAIM ?
OUI J'SAIS... J'M'EN OCCUPE...
TAP
TAP
TAP TAP
GRAB

MÊME LES ARBRES POUSSENT DE TRAVERS.
IL EST TELLEMENT PUISSANT QU'IL TRANSFORME TOUTE LA TOPOGRAPHIE ALENTOUR !
OUI, IL Y A UN ÉNORME CRISTAL !
CLING CLING
BWAAAAH !
VOUS ALLEZ VOIR, D'APRÈS LES LIVRES QUE J'AI LUS, LA CITÉ BULLE EST UN ENDROIT MAGNIFIQUE !
BADA ?
CES BRANCHES, ELLES...
FRSH
ELLES N'ARRÊTENT PAS DE POUSSER...
VOUS AVEZ VU ?
MAIS ATTENDEZ, EN PARLANT D'ARBRES ...
VOUS NE TROUVEZ PAS QUE CETTE FORÊT EST UN PEU ÉTRANGE ?
SHHHH
LES AMIS ? VOUS ÊTES LÀ ?
BADA ?

DOOOOOOOOM
MAIS QU'EST-CE QUI SE PASSE ?!

AZELLE ! JE... JE N'AI PAS PEUR DE TOI !
OH, NE T'INQUIÈTE PAS, ÇA VA VENIR, MY DARLING !
LIBÈRE MES AMIS ! TOUT DE SUITE !
ET EN PLUS, ELLE ME DONNE DES ORDRES...
DIS DONC, ON DIRAIT QUE TES AMIS SONT EN MAUVAISE POSTURE...
BADA BADA BADA !
CAR VOIS-TU, LES SEULS ORDRES QUE JE REÇOIS SONT CEUX DE MON MAÎTRE...
ET CROIS-MOI, CEUX QU'IL M'A DONNÉS, TU NE VAS PAS LES AIMER !
C'EST VRAIMENT LE GENRE DE CHOSE QUI ME...
CONTRARIE.

NE TE FATIGUE PAS, TU NE PEUX PAS ME BATTRE...
JE N'AI QU'UNE SEULE QUESTION... ET JE TE CONSEILLE D'Y RÉPONDRE SI TU VEUX UNE MORT RAPIDE...
TCHAC
JE NE TE DIRAI PAS OÙ EST LE CRISTAL !
ZHA
LE CRISTAL ? IDIOTE, JE ME DÉBROUILLERAI POUR LE TROUVER...
OUFF
CE N'EST PAS ÇA QUI M'INTÉRESSE ...
NON, JE VEUX SAVOIR OÙ TU AS EU CE TRUC QUE TU PORTES EN GUISE DE VÊTEMENT ! J'AI BESOIN D'UNE SERPILLIÈRE POUR MA GROTTE ET CE SERA PARFAIT !
HEIN ? MAIS...
JE NE PEUX PAS TE REGARDER TROP LONGTEMPS, ÇA ME BRÛLE LA RÉTINE !
C'EST PAS POSSIBLE D'ÊTRE AUSSI LAIDE !
TU SERAS BIEN PLUS JOLIE QUAND JE T'AURAI OUVERTE EN DEUX !
VLAM
NON !

GRAB
BWAH !
NE RÊVE PAS, C'EST ENTRE MISS CAMPING ET MOI !
WIII
BADA !
STRAP
BADA BADA !
GRAB
VOUS M'ENNUYEZ ...
JE COMMENCE À EN AVOIR ASSEZ DE VOUS TOUS !
J'TAPE JAMAIS LES DEMOISELLES, MAIS TU S'RAS L'EXCEPTION !
MON BÂTON !
VIUP
SWISH

IL EST TEMPS D'EN FINIR !

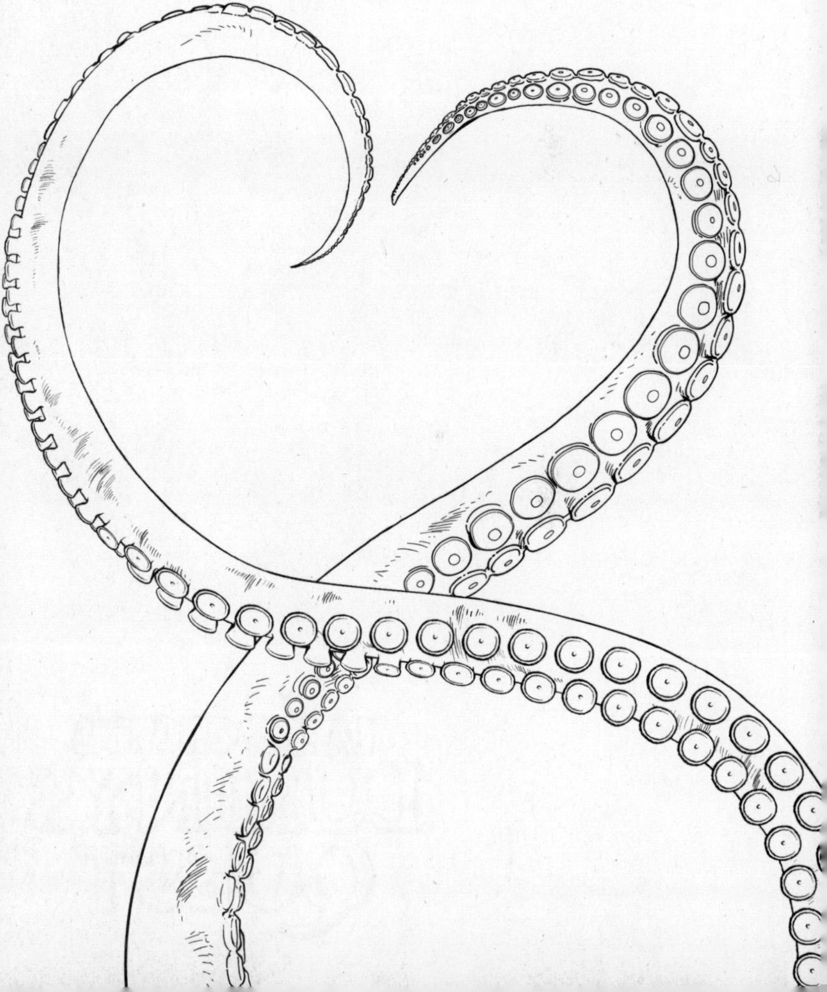

THE LAPINS CRÉTINS
LUMINYS QUEST

ON DIT "CONTER FLEURETTE", LÉON... ET NON, PAS ELLE, ELLE A ÉTÉ ENGENDRÉE PAR LA HAINE DE CARNAGE !
L'ESPRIT DES PLAINES SAUVAGES, Y COMMENCE CLAIREMENT À M'BROUTER ! UN ESPRIT DE LA NATURE, C'EST PAS CENSÉ BOUFFER DES GRAINES ET COMPTER LES FLEURS ?
BWAA-AAH !
Chapitre 6
Vous ne savez rien de la magie
COMME TOUT CE QUI EST DIFFÉRENT ET UNIQUE EN CE MONDE !
ILS NE MÉRITENT PAS LA MAGIE DE LUMINYS !
GRAB
QUAND ILS N'AURONT PLUS BESOIN DE TOI, ILS TE CHASSERONT, ILS TE POURSUIVRONT...
LA HAINE, CE SONT LES VÔTRES QUI L'ONT INSUFFLÉE EN MOI !
ET TOI, LE CYCLOPE... TU ES UN MONSTRE AUSSI, TU DEVRAIS COMPRENDRE...
SWISH
ALORS NOUS ALLONS LA LEUR REPRENDRE.
BWAAAH !
CES HUMAINS NE T'ACCEPTERONT JAMAIS TEL QUE TU ES !
...
REJOINS-NOUS... TA PLACE EST À NOS CÔTÉS.

SWUP
BADABA ! BWAH ! BADA !
PON PON
J'AI DÉCIDÉ D'AIDER LES HUMAINS... J'PROTÉGERAI MA BELLE GUIMAUVE ÉTOILÉE JUSQU'À LA FIN !
BADA ! BADA !
FROSH
FROSL
CRAC
T'ESSAIES DE M'EMBROUILLARDISER LE CERVEAU ! TA VAS M'LE PAYER !
PON PON
BADAA-AAAA !
BWAA-AAAA !
KRR.
SWISH
MISÉRABLE TAS DE VIANDE...
DE TOUTE ÉVIDENCE, TU EN ES DÉPOURVU...

AGH !
LAISSE PARLER LES GRANDES PERSONNES, VEUX-TU...
KRRRR
MGH !
RR
KRRR
BRAVO ! TU AS BIEN FAILLI CONVAINCRE LÉON... MOI J'AVOUE QUE JE SUIS SENSIBLE À TES ARGUMENTS...
BWA !
N'EN RAJOUTE PAS, TÉO !
CLAP CLAP
MMH... JE CROIS QUE TU N'AS PAS BIEN SAISI L'ENJEU DE LA SITUATION... JE N'AI QU'UN GESTE À FAIRE POUR TE DÉPECER DE LA TÊTE AUX PIEDS COMME UN VULGAIRE MORCEAU DE...
DÉLIVRE-MOI ET JE T'AIDERAI !
FRDGSH
JE SUIS JUSTE LÀ POUR LES ARNAQUER ! PROFITER DE LEUR STUPIDITÉ !
JE DÉTESTE CES ANDOUILLES AUTANT QUE TOI !
JE T'AI VU AVEC EUX À LA CITÉ DU NORD... QUI ESSAIES-TU DE DUPER ?
KRRRR
MAIS TU AS DU MAL À TE CONCENTRER SUR DEUX CHOSES À LA FOIS.
OH NON... JE NE DOUTE PAS DE TES CAPACITÉS.
HUH
HEIN ?

DITES, QUELQU'UN POURRAIT M'AIDER, LÀ ?
C'EST PAS LE MOMENT, CRÉTIN !
WIII
BADA !
PAF
BWAH !
MAINTENANT, TU VAS TOUT NOUS DIRE ! OÙ EST CARNAGE ?!
WIIII
PAUVRE PETITE FILLE, TU NE CONNAIS RIEN... RIEN DU TOUT.
ET SI TU CROIS QUE CES PETITS TOURS DE PASSE-PASSE VONT ME RETENIR, TU TE TROMPES...
FRSH
FSH
TU VOIS, C'EST EXACTEMENT CE QUE JE DISAIS...
VOUS ÊTES PERSUADÉS QUE VOUS SAVEZ TOUT DE LA MAGIE... QUE VOUS CONTRÔLEZ CE MONDE...
WIII
FIRU FIRU
ARRÊTE... ON... ON N'EST PAS OBLIGÉS DE FAIRE TOUT ÇA !
JE NE... JE NE TE LAISSERAI PAS... GAGNER...
HAA...
LA MAGIE ÉPUISE TON CORPS, ALORS QU'ELLE NOURRIT LE MIEN...
TU NE TIENDRAS PAS PLUS DE QUELQUES MINUTES...
ET J'AURAI ALORS L'IMMENSE PLAISIR DE T'ARRACHER LE COEUR ENCORE TOUT CHAUD !
WIIIII
CRAC

LÉON, JE... JE N'AI PLUS DE...
TON MAÎTRE, TA VAS LUI DIRE QU'ON N'EN A RIEN À CARRER ! S'IL EST SI PUISSANT, QU'IL RAMÈNE SA POMME, J'VAIS EN FAIRE DE LA COMPOTE !
FS...
GROAR !
BADA ?
T'INQUIÈTE, JA M'OCCUPE DE LA SUITE.
EUH... LES AMIS ?
KIMPA, ARRÊTE, TA ES PLUS EN ÉTAT !
JE DOIS LA COMBATTRE, ET VOUS PROTÉGER.
BADA !
BWAH !
AZELLE N'A PLUS SES LIENS.
OUFF
MMH, QUE J'AIME PENSER À TOUT LE MAL QUE JE VAIS POUVOIR VOUS INFLIGER ...
TU DEVRAIS ÉCOUTER LE COLOSSE...
REGARDE-TOI, TU N'ES QU'UNE ENFANT.
TU NE FAIS PAS LE POIDS... RIEN DE CE QUE TU AS APPRIS NE T'A PRÉPARÉE À LA VRAIE VIE.

ATTENTION, KIMPA !
BWAAAAH !
GAME OVER, LE BOUDIN !
WRAP
NI À CE QUE J'AI PRÉVU POUR TOI !
GWAH !!!
BADAA-AAA !
LÉON !

QU'EST-CE QUE TU...
UN OU !
BADAA !
TON CAMARADE A LA PEAU DURE, HEUREUSEMENT POUR LUI.
LÉON, JE SUIS DÉSOLÉE, EXCUSE-MOI...
C'EST MA FAUTE !
ELLE A RAISON, JE NE SUIS PAS ASSEZ FORTE POUR VOUS PROTÉGER...
BADA... BADA... BADAA-AAA !
DOON
QU'EST-CE QU'IL M'VEUT, LE LUTIN ?

LE CRISTAL...
AAAAAAAA–A
WHAA
ELLE CROIT IMPRESSIONNER QUI AVEC SON HAKA MAGIQUE, CELLE-LÀ ?
WHOUSH
WHOUSH
WHOUSH
WHOUSH
WHOUSH
WHOUSH
BOUM

BWAA AAHH!!!

ON AURAIT DIT UN ANIME À PETIT BUDGET SUR UNE CHAÎNE CÂBLÉE...
J'AI VU MA VIE DÉFILER...
NON MAIS JE RÊVE !
T'AS FAILLI M'ATOMISER !
VOUS, TAS DE VERMINES, COMMENT AVEZ-VOUS OSÉ...
BWAH!
VOUS ALLEZ ME LE PAYER... OH OUI, JE VAIS VOUS ARRACHER LA TÊTE, LES BRAS, LES JAMBES, LE...
TU AS PENSÉ À FAIRE DES ATELIERS DE GESTION DE LA COLÈRE ? NON PARCE QUE...
VIUP
JE VAIS REVENIR POUR VOUS... CARNAGE NE VEUT QUE LE CRISTAL, MAIS MOI, J'EN FAIS UNE AFFAIRE PERSONNELLE...
JE VAIS VOUS...
KRR
EUH... T'AS PAS L'AIR EN SUPER FORME, FAUT QU'ON TE REMPOTE ? COMMENT ÇA SE PASSE ?
KRR
LES RAVAGES DE L'EFFET DE SERRE SUR LA NATURE ! ET APRÈS ÇA, ON CROIT ENCORE QUE LE RÉCHAUFFEMENT CLIMATIQUE EST UNE...
TÉO, TAIS-TOI !

KRAAM
VOUS NE PERDEZ RIEN POUR ATTENDRE !
KRAAM
JE VAIS REVENIR PLUS FORTE, PLUS FÉROCE, ET JE VOUS DÉTRUIRAI !
POUR VOTRE MISE À MORT.
SWISH
WHAM
LA PROCHAINE FOIS, VOUS VERREZ DE QUEL BOIS SE CHAUFFE DAME NATURE...
VOUS SEREZ AUX PREMIÈRES LOGES...
WHAM
WHAM
BWAA-AAAH !

TU NE VOIS PAS QU'ON A D'AUTRES PROBLÈMES ?
TU PEUX TE TAIRE UNE MINUTE ?!
C'EST VRAI QUOI, JE...
JE SUIS EN PLEIN SYNDROME DE STRESS POST-TRAUMATIQUE, LÀ !
J'HALLUCINE, SURTOUT NE M'AIDEZ PAS, HEIN...
PAF PAF
OH LÀ LÀ, ARRÊTEZ LES VIOLONS ! IL SUFFIT D'UTILISER UNE MAGIE DE GUÉRISON ET C'EST RÉGLÉ !
STOP
IL FAIT FROID, NON ? SI FROID...
PAF
BADA...
BADA-BWAH !
AÏE !
MAIS ÇA VA PAS ?!
BAM
JE N'AI PLUS D'ÉNERGIE MAGIQUE, J'AI TOUT UTILISÉ POUR COMBATTRE AZELLE...
GRAB
AH, LÀ PAR CONTRE, C'EST EMBÊTANT.
EUH, J'AI DIT QUOI POUR LES VIOLONS ? NON !

ATTENDS...
LAISSE-LE FAIRE, JE CROIS QU'IL ESSAIE D'AIDER !
TU CROIS VRAIMENT QUE C'EST LE MOMENT DE NOUS JOUER UN PETIT AIR ?
BADA ! BADA !
GRAB
SHH
BADA !
GRAB
TA MAGIE EST ENCORE FAIBLE... MAIS C'EST GENTIL D'AVOIR ESSAYÉ.
PAF
BADA...
PLOP
PLOF
PLOC
PLIN

GRAB
TU CROIS QUE LA MAGIE GUÉRISSEUSE DU CRISTAL POURRAIT...
HÉ MAIS QU'EST-CE QUE TU FAIS ?!
DLIN
BADA !
FROSH
CLING
LEVEL UP !
GLOUB
KWIIN
WIIIN
KWIIIN

FRSH
W!!
OUI, BAH QUOI ?
JE VOUS AI DIT QUE MOI JE ME SUIS COGNÉ LE COUDE, TOUT À L'HEURE ?
FLASH
JA VOUS AI MANQUÉ ?
REGARDEZ ! LÉON REPREND CONNAISSANCE !
JE VOUS AI DIT QUE J'AI FAILLI MOURIR ?
COMPTE PAS SUR MOI POUR TE FAIRE UN CÂLIN !
ON NE POURRA PAS COMPTER SUR LA MAGIE À CHAQUE FOIS, MAIS GRÂCE À TOI, LÉON EST TIRÉ D'AFFAIRE !
BADAA-AAA !
GRAB

ENFIN, EN MÊME TEMPS, LES MAUVAISES HERBES ÇA REPOUSSE VITE !
POIN
LE BON CÔTÉ DES CHOSES, C'EST QU'AZELLE DEVRAIT NOUS LAISSER TRANQUILLES UN MOMENT...
BWAAH !
BON, JE VOUS PARDONNE ...
PAF PAF
AZELLE A FAILLI ME TUER, SI LÉON NE S'ÉTAIT PAS INTERPOSÉ, JE SERAIS MORTE ...
ET C'EST LUI QUI A ÉTÉ BLESSÉ !
LÉON VA TRÈS BIEN, C'EST UN DUR À CUIRE !
JE SUIS UNE BONNE À RIEN... REGARDE !
POURQUOI TU FAIS CETTE TÊTE ?
MAIS TU FAIS DE TON MIEUX.
ET C'EST LE PLUS IMPORTANT.
ÉCOUTE, J'ADMETS QUE T'ES UNE TÊTE À CLAQUES ET QUE DES FOIS TU M'DONNES ENVIE DE M'ENFONCER UNE FOURCHETTE DANS L'OREILLE ET DE TOUILLER JUSQU'À CE QUE...
C'EST BON, JE CROIS QU'ON A COMPRIS.

TU CROIS QU'EN ME LEVANT CE MATIN, JE M'ATTENDAIS À CE QUE L'AVENIR DU MONDE REPOSE SUR MES ÉPAULES ?
NON !
BWAH !
TU CROIS QUE JE M'ATTENDAIS À AFFRONTER DES MONSTRES TERRIFIANTS ET À RISQUER LA MORT À CHAQUE PAS ?!
NON !
BWAAAAH !
ET TU CROIS QUE J'IMAGINAIS DEVENIR LE PROTECTEUR ET LE SEUL ESPOIR DE GARDIENS LÉGENDAIRES COMPLÈTEMENT CRÉTINS VENUS D'UNE AUTRE DIMENSION ?
NON, BIEN SÛR !
BADA ?
TSS
TU VOIS, DÈS QUE J'ESSAIE D'ÊTRE SYMPA AVEC TOI, TU FAIS TA PESTE...
EXCUSE-MOI, TU AS RAISON.
TU ES GENTIL D'ESSAYER DE ME REMONTER LE MORAL.
ALLEZ, COURAGE ! PRENDS EXEMPLE SUR MOI SI TU TE SENS PERDUE !
POUR DEVENIR UN MODÈLE D'ÉGOCENTRISME ET DE CUPIDITÉ ?

EUH
C'EST LONG TOUT ÇA, QUAND EST-CE QU'ON COGNE ?
MOLLO, LÉON, J'CROIS QUE T'ES ENCORE UN PEU SONNÉ...
OK, MAIS TOUT DOUX HEIN, JE SAIS QUE T'ES À DEUX DOIGTS DE TOMBER AMOUREUSE, ALORS...
GRRRR !
TA M'AS TRAITÉ DE FAIIII...
WUAAAM
SBAM
BON, AU MOINS, COMME ÇA, ON EST SÛRS QUE VOUS N'ALLEZ PAS VOUS ÉCHAPPER UNE NOUVELLE FOIS !
BADA !
BWAA-AAH !

BADA !
ON DOIT ÊTRE À CÔTÉ, AZELLE DEVAIT SURVEILLER LA CITÉ QUAND ON EST ARRIVÉS.
TU SAIS DANS QUELLE DIRECTION ON DOIT ALLER ?
BADA-BWAH !
GPS
TAP
FRSH
JE N'AI PAS TROUVÉ DE BADA BADA BWAH À PROXIMITÉ, VOULEZ-VOUS PRÉCISER VOTRE RECHERCHE ?
DOOM
BADA ?
BADA BADA BWAH !
MERCI D'ÉPELER VOTRE DESTINATION.
DO DO DOOM
AM STRAM GRAM, PIC ET PIC ET...
ATTENDS, ON PEUT UTILISER UNE MÉTHODE INFAILLIBLE, SINON...
BON, MOI JE PROPOSE QU'ON AILLE PAR LÀ-BAS.
FRASH
TAP TAP
VOICI CE QUE J'AI TROUVÉ SUR INTERNET POUR "BADA".
TODOOOM
Gurgle
BWAAH...

ON DOIT RESTER GROUPÉS !
ATTENDEZ, QU'EST-CE QUE VOUS FAITES ?!
BWAAH ?
BWAAH ?
TAP
TAP
TAP
TAP
FRSH
GRRR... JE COMMENCE DÉJÀ À REGRETTER AZELLE...
PAS DE BOL, MOI JE N'OBÉIS À PERSONNE !
FRASH
DIS-LEUR DE REVENIR !
ILS N'OBÉISSENT QU'À MOI, LAISSE TOMBER.
TAP
TAP
FRASH
LA DERNIÈRE FOIS QUE VOUS AVIEZ CETTE TÊTE, C'EST QUAND...
BWAAAAH...
QUAND ON...
QUAND ON ARRIVAIT PRÈS DU CRISTAL.
BINGO !

SUPER ! ET J'IMAGINE QUE TU SAIS COMMENT NOUS Y CONDUIRE ?
T'AS VU, J'AI TROUVÉ LA CITÉ BULLE !
WHOOSH
BAH OUI, IL SUFFIT DE PRENDRE LES PONTS SUSPENDUS !
TU VEUX DIRE CEUX QUI ÉTAIENT LÀ AVANT ET QUI ONT DISPARU ?
PARFAITEMENT ! CEUX QUI ÉTAIENT LÀ ET QUI ONT DISP... HEIN ? QUOI ?
MAIS OÙ ILS SONT ?
DOOOM
C'EST IMPOSSIBLE, CES PONTS SONT PROTÉGÉS PAR LA MAGIE !
ALORS FAUT CROIRE QUE QUELQUE CHOSE D'ENCORE PLUS MAGIQUE EST PASSÉ PAR LÀ...
QUELQUE CHOSE LES AURAIT DÉMOLIS ?
NON, REGARDE CES TRACES... ON DIRAIT QU'ILS ONT ÉTÉ...
MANGÉS.
CLIC
CLIC

CHUT, TAISEZ-VOUS, ON DIRAIT QUE ÇA VIENT DE PAR LÀ...
BOUGE PAS, JA SUIS À DEUX DOIGTS DE T'BOUFFER !
TAP
FRSH
BWOB
THUMPH
TU ENTENDS CE BRUIT ?
LÉON, C'EST TON ESTOMAC ?
ALORS ? TU VOIS QUELQUE CHOSE ?
CLIC
CLIC
HOP
BWAH !
CLIC
THUMP
C'EST QUOI, CE BOUCAN ?
EST-CE QUE...
TÉO ? QU'EST-CE QUE TU AS VU ?
BRRRR

QU'EST-CE QU'IL SE PASSE ?!
TU ES BIZARRE TOUT À COUP !
PRESS
Y A RIEN, ICI ! TU VOIS BIEN QU'ON NE PEUT PAS TRAVERSER !
ÉCOUTEZ, JE PENSE QU'ON FERAIT MIEUX DE COMMENCER PAR LA CITÉ DE L'EST, PLUTÔT. ELLE EST SUPER JOLIE, IL PARAÎT !
TOUT EN PIERRE, UN DESIGN TRÈS AUSTÈRE ET GLACIAL, TU VAS ADORER !
GRAB
BADA ?
PAM
STOP ! JE VEUX SAVOIR CE QUI SE TRAME PAR ICI !
OK...
BRRR
TU COMPRENDS, MAINTENANT ?
BRR BRRRR

BADA ?
COUREZ !
TAP
HUM... LES AMIS...
AHEM
EUH...
JA DU MAL À LES COMPRENDRE, DES FOIS...
TAP TAP TAP TAP TAP TAP
POUR UNE FOIS, JE SUIS D'AVIS QU'ON LUI OBÉISSE !
BWAH !
BWAA-AAH !
BWAA-AAH !
CRASH
BWAA-AAAAA-AAH !

BADA...

À suivre...

J'ai décidé que Kimpa et la fée lapin sont mes animaux totems.
Je dédie ce volume à Mirko, tu n'es plus parmi nous, mais il me semble que tu m'aides encore...
Nous ne t'oublierons pas.

Pour parvenir jusqu'à Luminys, il nous aura fallu parcourir la France, l'Italie et même le Canada. Quel périple ! Et quelle joie, surtout, de voir que les rires et l'aventure traversent les frontières et lient si fort les gens dans le merveilleux monde de l'imaginaire !

LES LAPINS CRÉTINS – LUMINYS QUEST
de Mr Tan et Federica Di Meo

édition française
Correction : Manon Le Gallo
Lettrage : A. Flamant

Couvent Sainte-Cécile – 37, rue Servan – 38000 Grenoble

Dépot légal : mars 2022

Imprimé en Italie en février 2022 par L.E.G.O. S.p.A.,
sur papier provenant de forêts gérées de manière durable

www.glenat.com